세계 문학 단편선

여름 언덕에서

일러두기
- 외국어의 한글 표기는 국립국어원의 외래어표기법을 원칙으로 하였으나, 일부는 독자의 이해를 고려해 예외를 두었습니다.
- 본문에 있는 주석은 모두 옮긴이의 주입니다.

세계 문학 단편선

여름 언덕에서

다정한책

차례

폭풍 헤르만 헤세 · 7

여름 별장에서 안톤 체호프 · 39

큐 가든 버지니아 울프 · 51

도시의 패배 오 헨리 · 67

저 너머 어딘가 수잔 글래스펠 · 83

하숙집 제임스 조이스 · 119

밀짚모자 호리 다쓰오 · 135

작은 집 샬럿 퍼킨스 길먼 · 169

버니스, 단발머리가 되다 F. 스콧 피츠제럴드 · 191

폭풍

Der Zyklon

헤르만 헤세(Hermann Karl Hesse, 1877~1962)

독일 남부 출신. 인간 내면의 성장과 정신적 자아 탐구를 그린 작품으로 널리 사랑받는 작가다. 《데미안》, 《싯다르타》, 《유리알 유희》 등에서 동서양 사상을 융합하며 삶의 본질을 탐색했다. 시적이고 철학적인 문체는 세대를 넘어 깊은 울림을 준다. 1946년 노벨문학상을 수상하며 세계 문학사에 뚜렷한 자취를 남겼다.

―

 1890년대 중반이었다. 나는 고향의 한 작은 공장에서 견습생으로 일하고 있었고, 그해가 가기 전 고향을 영영 등졌다. 공교롭게도 그해 늦여름과 이른 가을의 시간이 지금도 생생하고 선명하게 기억나기에, 그때의 이야기를 좀 해보려 한다. 나도 슬슬 과거가 사랑스럽게 느껴지고, 현재는 고단하고 맹숭맹숭하게 흘러가는 그런 나이가 되었기 때문이다.

 열여덟 살 생일 부렵이었나. 그 무렵 니는 매일같이 청춘을 누리고, 새가 공기를 느끼듯 청춘을 느꼈지만 청춘이 얼마나 멋진 것인지를 알지 못했다. 어느 해에 무슨 일이 있었는지 세세히 기억하지 못하는 나이 든 사람들도 전무후무했던 어마어마한 폭풍이 고향에 불어닥쳤던 해를 떠올리면 대충 언제쯤인지 알 것이다. 바로 그해였다.

 나는 이틀 전인가 사흘 전에 쇠끝에 왼손이 베여 공장 일을 쉬고 있었다. 상처가 상당히 깊고 많이 부어올라 붕대를 감고 지내야 했지만, 뜻밖에 얻은 휴가는 자못 달콤했다. 당시 내겐 여전히 동심이 살아 있었다. 비록 그 동심은 시들기 직전이었고, 곧 손에서 빼앗겨버릴 터였지만 말이다.

늦여름 내내 우리의 좁은 골짜기가 전례 없이 무더웠던 기억이 난다. 뇌우가 왕왕 며칠씩 이어졌다. 자연 속에는 뜨거운 불안이 깃들어 있었다. 나는 그 불안의 기운을 그리 예민하게 느끼지는 못했지만, 그래도 이런저런 사소한 일들이 떠오른다. 가령 저녁에 낚시하러 갈 때면, 후텁지근한 공기 탓인지 물고기들이 이상하게 흥분해 있는 것이 느껴졌다. 물고기들은 무질서하게 서로를 밀치고 다니다가, 간혹 미지근한 물속에서 위로 튀어 올라 무작정 낚싯바늘에 걸려들곤 했다. 그러다 천둥번개를 동반한 소나기도 드물어지고, 마침내 날이 약간 시원하고 잠잠해진 참이었다. 새벽녘엔 벌써 가을 기운이 느껴졌다.

어느 아침, 나는 뭔가 재미있는 일이 없을까 하고 가방에 책 한 권과 빵 한 덩이를 넣고는 집을 나섰다. 소년 시절의 습관대로 가장 먼저 집 뒤편 정원에 가보았다. 정원은 아직 그늘에 잠겨 있었고 크고 우람한 전나무들이 서 있었다. 아버지가 심은 나무들로, 어리고 야윈 묘목일 때부터 익히 보아온 나무들이었다. 전나무 아래쪽엔 연갈색 침엽이 수북이 쌓여 있었다. 그곳엔 오래전부터 상록식물 외에는 아무것도 자라지 못했다. 하지만 그 옆 좁고 기다란 화단에는 어머니가 가꾸는 화초들이 만발해 있었다. 어머니는 일요일이면 그 꽃밭에서 꽃을 꺾어 커다란 꽃다발을 만들었다. 작은 꽃들이 주홍빛 다발을 이루는 '불타는 사랑'이라 불리는 꽃도 있었다. 가느다란 줄기에 하트 모양의 희고 붉은 꽃들이 많이 달린 꽃은 '여인의 심장'이라 불렸고, '악취 나는 교만'이라는 이름을 가진 관목도 있었다. 그 옆의 꽃자루가 긴 국화는 아직 꽃을 피우지 못했고, 관목과 국화 사이 바닥에는 통통한 돌나물과 우스꽝스럽게 생긴 쇠비름이 부드러운 가시를 달고서 몸을 뻗어가고 있었다. 이 좁고 기다란 화단, 여러 가지 진기한 꽃들이 피어 있는 그곳은 우리가 사랑하는 꿈의 정원이었다. 그곳의 꽃들은 양편에 지리한 둥근 하단에 핀 흔한 장미들보다 더 기특하고 사랑스러워 보였다. 담쟁이덩굴로 뒤덮인 담장에 찬란한 햇살이 내리쬘 때면, 화초들은 각기 고유한 아름다움을 발산했다. 글라디올러스는 현란한 빛깔을 물씬 뽐내었고, 칙칙한 빛깔의 헬리오트로프는 마법에 걸린 듯 알싸한 향기 속에 잠겼다. 줄맨드라미는 시들어 고개를 숙였지만, 매발톱꽃은 까치발을 서서 네 겹의 여름 종을 울려댔다. 미역취와 파란색 협죽초엔 꿀벌들이 몰려와 윙윙댔고, 굵은 담쟁이덩굴에는 작은 갈색 거미들이 바쁘게 오르락내리락했다. 비단향꽃무 위에선 투명한 날개를 가진 통통한 나비들이 변덕스레 붕붕대며 날개를 파르르 떨었다. 박각시나방 혹은 호랑나비박각시라 불리는 나비들이었다.

나는 휴일처럼 나른한 기분으로 이 꽃 저 꽃 옮아 다니며 꽃향기를 맡아보았다. 조심스레 손가락으로 꽃받침을 열어 꽃봉오리 속을 들여다보기도 했다. 은은한 빛깔의 신비로운 밑바닥을 보고 잎맥과 암술, 솜털 달린 수술, 수정처럼 맑은 세관이 질서 있게 배치된 모습을 관찰했다. 그러다가 실처럼 흩날리는 안개와 양털 구름이 묘하게 뒤엉킨 희뿌연 아침 하늘을 올려다보곤 했다. 오늘 또다시 뇌우가 내릴 것 같았다. 그래도 오후에 두어 시간 낚시를 해야지. 그렇게 마음먹고는 지렁이를 찾을 수 있을까 하여 서둘러 길섶의 돌멩이 몇 개를 옆으로 굴려보았다. 하지만 지렁이는 보이지 않고 바싹 마른 회색빛 쥐며느리 떼만 기어나와 줄행랑을 쳤다.

무얼 할까 생각해보았지만 선뜻 좋은 생각이 떠오르지 않았다. 일 년 전, 마지막 방학 때만 해도 나는 아직 완전히 아이였다. 그 시절엔 개암나무 활을 만들어 표적을 맞히거나 연을 날리거나 들판에서 쥐구멍에 화약을 넣어 폭발시키는 놀이를 즐겼는데…. 이제 그런 놀이는 더는 예전처럼 반짝이는 매력을 주지 못했다. 마치 영혼이 피폐해져서, 한때 순전한 기쁨을 선사해주었던 목소리를 들어도 응답할 수 없는 상태라고나 할까.

나는 약간 생경하고 짓눌리는 기분으로 어릴 적 기쁨이 알알이 스민 친숙한 장소를 둘러보았다. 작은 정원, 꽃으로 장식된 발코니, 디딤돌에 초록 이끼가 낀 그늘지고 촉촉한 뒤뜰이 나를 바라보고 있었다. 하지만 예전과는 달랐다. 꽃들마저 그 무궁무진한 매력이 약간 반감된 것처럼 보였다. 뜰 한 귀퉁이에는 파이프 달린 낡은 수조가 무심한 듯 방치되어 있었다. 예전에는 아버지가 눈살을 찌푸리는 걸 뻔히 알면서도 이곳에서 얼마나 물장난을 치곤 했는지! 반나절 동안 물을 틀어 나무 물레방아를 돌리고, 둑을 쌓고 물길을 만들어 주변을 물바다로 만들어버리기도 했다. 비바람에 풍화된 수조는 나의 충실한 벗이자 장난감이었다. 수조를 보고 있노라니, 어릴 적 행복이 마음속에 되살아나 꿈틀거렸다. 다만 그 행복은 슬픈 맛이 났다. 그 수조는 더는 샘물도, 강도, 나이아가라폭포도 아니었으니.

생각에 잠겨 울타리를 넘으려는데 파란 메꽃이 얼굴을 스쳤다. 나는 메꽃을 꺾어 입에 물었다. 그러고는 산책을 하기로 마음먹었다. 산에 올라가 시내를 내려다봐야지. 예전 같았으면 산책 같은 건 안중에도 없었겠지만, 이젠 산책도 그런대로 즐거운 일로 느껴졌다. 아이는 산책을 하지 않는다.

아이는 강도 놀이, 기사 놀이, 인디언 놀이를 하러 숲에 간다. 뗏목꾼이나 어부, 물레방앗간을 짓는 목수가 되어 강으로 간다. 나비와 도마뱀을 잡으려고 들을 뛰어다닌다. 그래서 내게 산책은 품위 있으면서도 약간 심심한 어른의 일로 보였다. 어른이 뭘 해야 할지 모르겠을 때 하는 일로 말이다.

파란 메꽃은 금세 시들어 뱉어버리고, 회양목 가지를 꺾어 씹어보았다. 쌉쌀하고 알싸한 맛이 났다. 키 큰 금작화가 자라는 철둑 가에 다다르자, 나를 보고 쏜살같이 내빼는 초록 도마뱀 한 마리가 보였다. 도마뱀을 본 순간 장난기가 발동해, 도마뱀을 그냥 내버려두지 못하고 걷고 기고 엿보며 그 겁먹은 동물을 쫓아가 기어이 그놈을 손에 넣었다. 햇빛을 받은 도마뱀의 몸이 따뜻했다. 보석처럼 반짝이는 도마뱀의 작은 눈을 보자, 새와 동물을 잡고 놀던 시절의 즐거움이 되살아나며 도마뱀의 유연하고 탄탄한 몸통과 딱딱한 다리가 내 손가락 사이에서 버둥거리는 게 느껴졌다. 하지만 그것도 잠시, 나는 금세 김이 샜다. 사로잡은 도마뱀을 어찌해야 할지 알지 못했다. 허탈했고, 더는 아무런 행복감도 느껴지지 않았다. 그리하여 나는 몸을 구부린 채 손을 열었다. 그러자 도마뱀은 어리둥절해하며 잠시 옆구리를 펄떡이더니 거친 호흡을 하고는 얼른 풀숲으로 달아나버렸다. 기차 한

대가 햇빛에 반짝이는 선로 위를 달려와 내 곁을 지나쳐 갔다. 멀어져 가는 기차를 보며 순간 나는 깨달았다. 이곳에서는 내가 진정으로 살고자 하는 삶을 꽃피울 수가 없겠구나. 당장이라도 기차를 잡아타고 드넓은 세상으로 나가고 싶은 마음이 강렬히 솟구쳤다.

근처에 건널목지기가 있는지 둘러본 다음, 아무도 보이지 않고 아무 소리도 들리지 않자, 나는 선로를 폴짝 뛰어넘어 건너편의 붉은 사암 절벽을 기어올랐다. 높은 절벽 여기저기에 철로 공사로 생겨난 검게 그을린 발파 구멍들이 있었다. 절벽 위로 올라가기 위해 꽃이 저미린 질긴 금작화 덤불을 붙잡았다. 붉은 암석은 햇빛에 달구어져 마른 열기를 내뿜었고, 옷소매로 모래가 흘러들었다. 위를 쳐다보자 깎아지른 절벽 위로 따스하게 빛나는 하늘이 손에 잡힐 듯 가까웠다. 그렇게 순식간에 절벽 맨 위쪽에 다다른 나는 바위 가장자리에 몸을 지탱한 채 가늘고 가시 많은 아카시아나무 둥치를 잡고 무릎을 끌어올렸다. 그러자 전에 곧잘 오르곤 했던 나의 은신처가 나왔다.

비탈진 풀밭, 잊힌 듯 고요한 작은 황야. 아래로 지나가는 기차가 작게 보이는 곳. 제멋대로 자란 질긴 풀들이 뒤엉켜 있고, 잔가시가 달린 작은 들장미 덤불들과 바람에 실려

온 씨에서 자란 왜소한 아카시아나무 두어 그루가 서 있는 곳. 엷고 투명한 아카시아 잎 사이로 햇살이 비쳐 들었다. 사방이 붉은 암벽으로 둘러싸인 이 작은 섬 같은 풀밭에서, 내가 로빈슨이라 상상하며 시간을 보내곤 했다. 이 고독한 땅은 수직으로 절벽 틈을 기어오를 용기와 모험심이 있는 사람의 것일 뿐, 그 누구의 것도 아니었다. 열두 살 때 나는 이곳 바위에 끌로 내 이름을 새겼다. 이곳에서 《탄넨베르크의 로자》*를 읽었고, 몰락해가는 인디언 부족의 용감한 추장이 등장하는 유치한 희곡을 썼다.

가파른 비탈에는 햇빛에 바싹 마른 풀들이 창백하고 희끄무레한 머리채처럼 늘어졌고, 햇볕에 달구어진 금작화 잎은 바람 한 점 없는 따뜻한 대기에 진하고 씁쌀한 내음을 풍겼다. 나는 마른 풀 위에 몸을 쭉 뻗고 누워, 우아하게 줄 맞춰 매달린 아카시아 잎들이 짙푸른 하늘에서 찬란한 햇살에 반짝이는 모습을 보며 상념에 잠겼다. 나의 삶과 내 앞에 놓인 미래를 그려보기 좋은 시간 같았다.

하지만 새로운 건 떠오르지 않았다. 사방에서 다가오는

---

* **탄넨베르크의 로자** 19세기 독일의 사제이자 동화작가인 크리스토프 폰 슈미트의 대표작 중 하나로, 당시 큰 인기를 끈 작품이다.

건 기이한 삭막함뿐, 예전의 기쁨과 사랑스러운 생각들은 그저 시들고 퇴색해져갈 뿐이었다. 직업은 마지못해 해야 하는 일들과 상실해버린 어린 시절의 행복을 보상해주지 못했다. 나는 내가 하는 일을 별로 좋아하지 않았고, 오랜 시간 진득하게 일하지도 못했다. 직업은 내게 어딘가에 새로운 행복이 기다리는 세상으로 나아가는 징검다리에 불과했다. 하지만 과연 어떤 행복이 나를 기다리고 있기는 한걸까?

물론 세상 구경을 하고 돈을 벌 수 있을 것이다. 어떤 일을 하려 할 때, 부모님의 의사를 먼저 물을 필요도 없겠지. 일요일에는 볼링을 치고 맥주를 마실 수도 있을 것이다. 하지만 나는 깨달았다. 이 모든 것은 그저 부수적인 것들이며, 결코 나를 기다리는 의미 있는 새 삶은 아니라는 것을! 참된 의미는 다른 데 있을 것이었다. 더 깊고, 더 아름답고, 더 비밀스러운 곳에. 그리고 그 의미는 여자나 사랑과 관계가 있을 것 같았다. 거기엔 분명 깊은 만족과 행복이 숨어 있으리라. 그렇지 않다면 소년 시절의 그 근사한 기쁨들을 희생한 것이 무슨 의미가 있을까?

사랑에 대해서라면 잘 알고 있었다. 사랑하는 연인들을 여럿 보았고, 사랑을 다룬 황홀한 문학작품도 읽었다. 나 스스로도 이미 여러 번 사랑에 빠져보았고, 꿈속에서 사랑의 달콤함을 맛보기도 했다. 그 달콤함은 남자라면 목숨을 걸어도 좋을 만한 것으로 보였고, 노력하고 힘쓸 만한 것으로 느껴졌다. 이미 여자를 사귀는 친구들도 있었고, 공장 동료들은 일요일 댄스장에서 있었던 일이나 한밤중에 흠모하는 아가씨의 집 창문으로 기어올랐던 이야기를 스스럼없이 들려주었다. 하지만 내겐 사랑이 아직 문 닫힌 정원처럼 느껴졌기에, 나는 수줍은 동경을 품고 그 문 앞에서 기다렸다.

그러다가 지난주 처음으로 구체적인 사랑의 부름이 주어졌다. 쇠끌로 사고를 당하기 바로 직전이었다. 그 이후 나는 이별을 앞둔 사람처럼 안절부절못하고, 붕 뜬 채로 지내고 있었다. 그때부터 지금까지의 삶은 이미 과거가 되어버렸고, 미래의 의미는 분명해졌다.

부름은 이렇게 왔다. 우리 공장에는 나 말고 또 한 명의 견습생이 있는데, 어느 저녁 퇴근길에 그가 나를 부르더니 내게 어울릴 만한 예쁘고 사랑스러운 아가씨가 있다고 했다. 여태껏 누구와도 사귀지 않았고, 바로 나와 사귀고 싶어 한다는 것이었다. 내게 선물하려고 비단실로 지갑까지 떴다는 것이다. 그는 곧바로 이름을 말해주지 않고, 나더러 누군지 맞혀보라고 했다. 내가 계속 캐묻다 그의 말을 허튼 농담으로 몰아가려 하자, 그는 멈추어 서더니 — 우리 둘은 마침

물레방앗간 다리 위에 서 있었다 — 나지막이 말했다. "그녀가 우리 바로 뒤에 오고 있어." 나는 당황한 채 기대 반, 그 모든 말이 헛된 농담은 아닐까 하는 두려움 반의 심정이 되어 뒤를 돌아보았다. 우리 뒤쪽에서 방적 공장에 다니는 앳된 아가씨가 다리 계단을 오르고 있었다. 아는 얼굴이었다. 견진성사 수업을 같이 받았던 베르타 푀그틀린! 베르타는 멈추어 서서 나를 쳐다보며 미소를 지었고, 순간 얼굴이 발그레해지다가 급기야는 빨갛게 달아올랐다. 맙소사. 나는 집 쪽을 향해 걸음을 재촉했다.

그 후로 그녀는 나를 두 번 찾아왔다. 한 번은 우리가 일하는 방적 공장, 또 한 번은 퇴근하고 집에 갈 때였다. 무슨 의미 있는 말을 한 것은 아니었다. 그저 "안녕하세요."라고 하더니, "벌써 퇴근하나요?"라고만 했다. 나와 대화를 더 하고 싶어 했지만 나는 '네'라고만 답했을 뿐, 고개만 까딱이며 황급히 자리를 떠버렸다.

지금 내 생각은 온통 이 일에 쏠려 있었다. 대체 어찌해야 할까? 예쁜 아가씨를 사랑하는 일은 그간 간절히 꿈꾸고 바라던 바였다. 그리고 이제 나를 좋아하는 여자가 나타났다. 예쁘고, 금발에, 키가 나보다 약간 더 큰 아가씨! 나의 입맞춤을 원하고, 내 품에 안기기를 원하는 사람! 키가 크고 다부진 몸매에, 얼굴은 희고 발그레하며 예뻤다. 그녀의 하얀 목덜미에는 곱슬머리가 살랑거리고, 눈빛은 기대와 사랑으로 가득 차 있었다. 아, 하지만 나는 살아오면서 한 번도 그녀를 염두에 두어본 적이 없었다. 한 번도 그녀를 좋아해본 적이 없었다. 달콤한 꿈속에서조차 그녀를 쫓아다닌 적이 없었고, 베개에 대고 떨리는 마음으로 그녀의 이름을 속삭여본 적도 없었다. 내가 원하기만 하면, 그녀를 품에 안고 내 사람으로 만들 수 있었다. 그러나 나는 그녀를 흠모할 수 없었다. 그녀 앞에 무릎 꿇고, 그녀를 숭배할 수 없었다. 아아, 이 일을 어찌할까? 어떻게 하면 좋단 말인가?

나는 불편한 마음으로 풀밭에서 일어났다. 아, 힘든 시기다. 견습 생활이 내일로 끝나니, 먼 곳으로 훌쩍 떠나버릴 수 있다면, 그곳에서 모든 걸 잊고 다시 시작할 수 있다면 얼마나 좋을까.

살아 있음을 느끼기 위해 뭐라도 해야 했기에 나는 산꼭대기까지 올라가보기로 했다. 이곳에서 올라가려면 꽤 힘들겠지만, 산꼭대기에서 시내를 내려다보면 멀리까지 볼 수 있을 것이다. 나는 부리나케 산비탈을 올라 위쪽 바위에 이르러, 바위 사이를 비집고 꼭대기까지 올라갔다. 정상에 오르니 덤불이 무성하고 큼지막한 돌들이 굴러다니는 황량한 풍경이 펼쳐졌다. 땀이 흐르고 숨이 가빴다. 나는 햇빛이 내리쬐는 산꼭대기에 올라, 가볍게 이는 바람 속에서 한숨을 돌렸다. 한창 때를 지나 시들어버린 장미들이 덩굴에 느슨히 매달려, 내가 스치고 지날 때마다 빛바랜 잎들을 힘없이 떨구었다. 곳곳에서 자라는 나무딸기는 아직 초록빛을 머금고 있었고, 해를 받은 곳만 살짝 익어 회갈색 빛을 띠었다. 바람도 잠든 더위 속에서, 작은 멋쟁이 나비들이 고요히 날갯짓하며 공중에 오색빛을 흩뿌렸다. 파르스름한 빛이 감도는 서양톱풀 꽃잎 위에는 붉은색과 검은색이 어우러진 점박이 꽃무지들이, 마치 소리 없는 집회라도 여는 듯 다다다닥 붙어 길고 가느다란 다리를 거의 기계처럼 움직이고 있었다. 아까 있던 구름은 온데간데없고, 그저 푸르기만 한 하늘과 맞닿은 산의 전나무들이 지그재그 무늬를 그리고 있었다.

학창 시절, 가을이면 늘 모닥불을 피우곤 했던 가장 높은 바위에 서서 주변을 둘러보았다. 저 아래 반쯤 그늘에 잠긴 골짜기에선 강물이 반짝이고, 물방앗간의 둑이 하얀 물보라를 일으키며 빛났다. 갈색 지붕들을 촘촘히 맞댄 채 낮게 엎드린 우리의 오래된 마을 굴뚝에서는 점심 짓는 연기가 고요히 파랗게 피어올랐다. 그곳에 아버지의 집과 오래된 다리가 있었고, 우리의 작업장이 있었다. 붉게 이글거리는 대장

간의 불꽃이 아주 작고 가물가물해 보였다.

조금 더 강을 따라 내려가면 방적 공장. 공장의 납작한 지붕 위에는 풀이 자라고, 반짝이는 창 너머로 다른 사람들과 함께 베르타 푀그틀린도 일을 하고 있겠지. 아, 푀그틀린! 나는 그녀에 대해 아무것도 알고 싶지 않았다.

모든 정원과 놀이터, 골목 구석구석까지 속속들이 너무도 잘 아는, 친숙한 고향 마을이 나를 올려다보고 있었다. 교회 시계탑의 금빛 숫자들이 햇살을 받아 짓궂게 반짝였고, 물레방앗간 운하에는 집과 나무들이 서늘한 검은빛으로 그림자를 드리웠다. 모든 것이 똑같았다. 오직 나만 달라졌을 뿐. 나와 풍경 사이에 드리워진 정체 모를 낯선 장막은 전적으로 내 책임이었다. 나는 벽과 강, 숲으로 이루어진 이 작은 보금자리에 더는 안주할 수 없었다. 여전히 튼튼한 끈으로 이곳과 연결되어 있겠지만, 나는 이곳에 뿌리를 내릴 수 없었고, 이곳에 갇혀 있을 수 없었다. 내 삶은 동경으로 가득 차 좁은 경계를 넘어 넓은 곳으로 뻗어나가려 했다. 서글픈 심정으로 마을을 내려다보는 동안, 마음속에서는 내 삶의 모든 은밀한 소망들이 장엄하게 피어올랐다. 아버지의 말들과 흠모하는 작가의 말들이 나 자신의 비밀스러운 맹세와 합쳐졌고, 성인 남자가 되어 스스로의 운명을 개척하는 이 의식적인 일이 너무나 중요하고 소중하게 다가왔다. 뒤이어 이런 생각은 베르타 푀그틀린과의 일로 인해 나를 괴롭히던 의심에 한 줄기 구원의 빛처럼 떨어졌다. 그래! 그녀가 아무리 예쁘고, 나를 흠모한다 해도, 완성된 행복을 거저 여자의 손에서 받아 누리는 것은 내게 마땅한 일이 아니지!

바야흐로 정오가 가까웠다. 등산의 기쁨은 사라지고 생각에 잠겨 시내로 내려갔다. 여름이면 무성한 쐐기풀 사이에서 거무튀튀하고 털 많은 공작나비 애벌레를 잡곤 했던 작은 철교 아래를 지나, 묘지의 담장을 따라 걸었다. 묘지 문 앞에는 이끼 낀 호두나무가 짙은 그늘을 드리우고 있었다. 문이 열린 묘지 안에서는 졸졸거리는 샘물 소리가 났다.

묘지 바로 옆에는 놀이터 겸 축제가 열리는 마당이 있었다. 오월제나 스당 전투 기념일에 먹고 마시고 떠들고 춤추고 하던 곳이었다. 마당은 아름드리 밤나무 고목 그늘 아래, 잊힌 듯 고요했고, 나뭇잎 사이로 비쳐드는 찬란한 햇빛이 마당의 붉은 모래 위에 얼룩덜룩 수를 놓았다.

강을 옆에 끼고 햇살 내리쬐는 거리를 따라 내려가니, 골짜기 아래로는 정오의 더위가 작열했다. 햇살을 가득 안은 집들의 맞은편 강가 쪽으로 듬성듬성 늘어선 물푸레나무와 단풍나무의 얇은 잎에는 늦여름을 맞아 이미 살짝 노르스름한 빛이 감돌고 있었다. 나는 습관처럼 강가로 가서 물고기들을 살폈다. 유리처럼 맑은 강물 속에서 잔털이 달린 무성한 수초들이 긴 몸을 흔들며 이리저리 나부끼듯 움직였다. 수초들 사이, 내가 늘 엿보곤 했던 어두운 틈새 여기저기에는 살진 물고기들이 물 흐르는 쪽으로 주둥이를 향한 채 미동도 없이 가만히 있었고, 물 위쪽으로는 이따금 어린 황어들이 몇 마리씩 떼를 지어 헤엄쳐갔다. 아침에 낚시를 가지 않은 건 잘한 일인 듯했다. 그러나 대기와 물의 상태, 두 개의 크고 둥근 돌 사이에서 거무스름한 늙은 돌잉어가 맑은 물속에 쉬고 있는 모양새를 보니, 오후에는 뭔가 잡힐 것도 같았다. 그런 생각을 하며 하염없이 걸어, 햇살이 눈부신 거리를 뒤로하고 지하실처럼 서늘한 우리 집 현관으로 들어서니 안도의 한숨이 절로 나왔다.

"오늘 또 한바탕 소나기가 쏟아질 것 같네." 날씨에 민감한 아버지가 점심 밥상머리에서 말했다. 나는 하늘에 구름 한 점 없고 서풍도 전혀 불지 않지 않느냐며 고개를 가로저었다. 그러자 아버지가 웃으며 말했다. "공기에 팽팽한 긴장감이 감도는 게 느껴지지 않니? 두고 보자꾸나."

무척 더웠다. 푄 바람이 시작될 때처럼 하수도 냄새가 역했다. 산에 오른 데다 더위까지 먹어 노곤해진 나는 정원 쪽

베란다에 앉아, 카르툼의 영웅 고든 장군 이야기를 펴 들었으나 제대로 집중하지 못한 채 자꾸 깜빡깜빡 졸았다. 이제 내가 보기에도 소나기가 내릴 것 같았다. 하늘은 여전히 파랬지만, 저 높이 작열하는 태양 앞에 이글거리는 구름층이라도 있는 듯, 공기가 점점 무거워지고 있었다. 두 시가 되자 나는 집 안으로 들어가 낚시도구를 챙겼다. 주교 골목에서 낚싯대로 돌잉어를 낚으면 좋으련만, 그러려면 작열하는 태양 아래 눈부심을 견디며 서 있어야 할 것이었다. 살아 있는 미끼도 없었다. 그래서 나는 그냥 아래쪽 물방앗간 다리로 가기로 했다. 거기라면 그늘에 있어 고기니 치즈를 미끼로 구릿빛 황어를 낚을 수 있을지도 몰랐다. 낚싯줄과 바늘을 살피자니 살며시 가슴이 뭉클해왔다. 이런 커다란 즐거움이 아직 내게 남아 있음이 감사했다. 이제는 낚싯줄을 손에 잡지 않은 지 오랜 세월이 흘렀지만, 지금도 나는 가끔 고향 강가에서 낚싯대를 들고 예의 그 긴장된 설렘을 느끼며 서 있는 꿈을 꾸곤 한다. 내가 만약 주문을 외워 마법을 걸 수 있다면, 젊을 적의 그 모든 정열과 행복 중에서 무엇보다도 낚시하는 기쁨을 되찾을 수 있기를 바랄 것이다.

묘하게 후텁지근하고 짓눌린 듯 적막했던 그 오후를 나는 잊을 수 없다. 나는 낚시도구가 든 양동이를 들고 강 아래쪽 나무다리로 내려갔다. 다리는 높은 집들의 그림자에 이미 절반쯤 잠겨 있었다. 가까운 방적 공장에서는 벌이 날아다니는 소리를 닮은 단조롭고 나른한 기계음이 들려왔다. 물방앗간 위쪽에서는 새로 출시된 원형톱이 돌아가는 소리가 일 분 간격으로 났는데, 이 빠진 톱니바퀴 소리처럼 아주 듣기 싫은 소리를 냈다. 그 외에는 적막감이 감돌았다. 직공들은 모두 작업장으로 들어가버려 골목에는 인적이 없었고, 물방앗간 섬에선 어린 사내아이가 발가벗은 채 바위 사이를 첨벙거리며 돌아다녔다. 수레 목수의 작업장 앞에는 벽에 기대 놓은 생목재가 햇살을 받아 짙은 향을 풍겼다. 비릿한 물 냄새가 진동하는 속에서 목재 향이 내게까지 물씬 났다.

 물고기들도 심상치 않은 날씨를 느꼈는지 변덕스럽게 굴었다. 처음 십오 분 동안은 두어 마리의 황어가 낚였다. 배지느러미가 붉고 아름다운 묵직한 녀석은, 내가 거의 손에 넣으려는 순간 낚싯줄을 끊고 달아나버렸다. 그러자 물고기들이 동요하더니 황어들은 진흙 속 깊이 숨어버렸고, 더는 미끼를 거들떠보지 않았다. 수면 가까이로는 어린 물고기들이 새롭게 무리를 지으며 도망치듯 강을 거슬러 올라갔다. 모든 것이 날씨가 급변할 조짐을 보여주고 있었다. 그러나 공기는 여전히 고요했고, 하늘은 맑기만 했다.

더러운 폐수가 물고기들을 몰아낸 것만 같았다. 하지만 나는 아직 물러날 생각이 없었기에, 장소를 바꾸어보려고 방적 공장 쪽 운하로 갔다. 그런데 그곳 헛간 옆에 자리를 잡고 낚시도구를 풀어놓자마자, 공장의 계단 창문에 베르타가 나타나 이쪽을 건너다보며 내게 손을 흔드는 게 아닌가. 아뿔싸! 나는 못 본 척 낚싯대 위로 몸을 잔뜩 숙였다.

운하의 물은 어둡게 흐르고, 웅크리고 앉아서 발바닥 사이로 고개를 빼꼼히 내민 내 모습이 수면에 어른거렸다. 베르타는 저 위 창가에 서서 내 이름을 불렀지만, 나는 뚫어져라 물속만 바라보며 고개를 돌리지 않았다.

낚시는 여전히 소득이 없었다. 물고기들은 여기서도 바쁜 용무라도 있는 듯 부산하게 움직였다. 나는 후텁지근한 더위에 지친 채 운하 둑에 앉아 있었다. 더 이상 아무 기대도 되지 않아, 어서 날이 저물어버렸으면 했다. 뒤편 방적 공장에서는 기계가 여전히 윙윙거리며 단조롭게 돌아가고, 강물은 이끼 낀 축축한 운하 벽에 부딪혀 조용히 찰랑거렸다. 나는 나른하고 의욕 없이 그냥 앉아 있었다. 낚싯줄을 감기도 귀찮았다.

나른하고 몽롱한 상태에서 깨어난 것은 반 시간쯤 뒤였던 것 같다. 갑자기 심장이 쿵 내려앉으며 머리가 쭈뼛 섰다.

불안감이 감도는 바람이 잔뜩 긴장한 채 제자리에서 맴돌고 있었다. 대기는 무거운 동시에 밍밍한 맛이 났다. 제비 몇 마리가 놀라서 수면 가까이로 날았다. 나는 어지러웠다. 일사병인가 싶었다. 물 냄새가 더 역해지고 속이 메슥거리더니 머리가 띵하며 식은땀이 났다. 나는 낚싯줄을 감아올리면서 튄 시원한 물방울로 손을 적시고는 낚시도구들을 챙기기 시작했다.

자리에서 일어서자 방적 공장 앞마당에서 먼지가 작은 구름 떼를 이루며 소용돌이치는 것이 보였다. 그러더니 그것들이 갑자기 위로 솟구쳐 하나의 구름으로 합쳐졌다. 저 위 소용돌이치는 대기 속에서 새들이 채찍질이라도 당한 듯 날개를 퍼덕이며 몸을 피했고, 곧이어 골짜기 아래의 공기가 빽빽한 눈보라처럼 하얗게 돌변하는 것이 보였다. 다음 순간, 기묘하게 차가운 바람이 기습하듯 내게로 휘몰아쳐 낚싯줄을 물에서 튕겨버리고, 모자를 날려버리고, 주먹질하듯 내 얼굴을 마구 때렸다.

먼 지붕들 위에 빽빽한 눈보라처럼 몰려 있던 하얀 공기가 갑자기 내게로 몰려왔다. 차갑고, 아팠다. 물레방아가 급하게 돌아갈 때처럼 운하의 물이 높이 튀어 올랐고, 낚싯줄은 온데간데없이 사라졌다. 주위에서 하얀 바람이 거칠게

노호하며 광란했다. 바람이 머리와 손을 때리고, 흙이 내게로 막 튀어 올랐고, 모래와 나뭇조각들이 대기 속에서 소용돌이쳤다.

이게 다 무슨 일일까. 뭔가 엄청난 일이 일어나고 있으며, 위험하다는 것만 직감했을 뿐, 정신이 하나도 없는 채로 한달음에 헛간으로 뛰어들었다. 그러고는 쇠기둥 하나를 꽉 부여잡은 채, 현기증과 동물적인 공포를 견뎠다. 서서히 무슨 상황인지 감이 왔다. 이제껏 한 번도 보지 못했고, 상상할 수도 없었던 무서운 폭풍이 휘몰아치고 있는 것이었다. 무시무시하고 거친 바람이 천하를 호령했고, 평평한 헛간 지붕과 입구에는 주먹만 한 우박들이 하얗게 쏟아져 내렸다. 두툼한 얼음덩어리들이 헛간 안으로까지 굴러 들어왔다. 우박을 동반한 폭풍이 사납게 울부짖었다. 운하의 물은 휘몰아치는 바람에 하얗게 거품을 내며, 운하 벽에 부딪혀 야단스럽게 널을 뛰었다.

순식간에 판자와 지붕널, 나뭇가지들이 공중으로 휩쓸려 가는 것이 보였다. 굴러떨어진 돌들과 시멘트 파편들은 금세 다시 우박으로 덮였다. 두두두 망치질하듯 기왓장이 부서져 내리고, 유리창이 깨지고, 지붕 홈통이 찌그러진 채 굴러떨어졌다.

그때, 한 아가씨가 공장에서 뛰어나와 우박으로 덮인 마당을 가로질러 내달리는 모습이 보였다. 거센 폭풍에 옷자락을 펄럭이며, 끔찍하게 퍼붓는 우박 속에서 바람에 맞서 비틀비틀 헛간 쪽으로 달려오더니, 문을 박차고 들어오는 것이었다. 다음 순간, 사랑스러운 큰 눈망울을 한, 낯설고도 친숙하고 차분한 얼굴이 아픈 미소를 지으며 내 눈앞에 어른거렸고, 이어서 조용하고 따스한 입술이 내 입술을 더듬어 찾았다. 그러고는 오래오래, 내게 숨 막히는 키스를 퍼부었다. 그녀의 손이 내 목을 감싸고, 젖은 금발 머리가 내 뺨을 눌렀다. 우박을 동반한 폭풍이 사방에서 요란하게 세상을 뒤흔드는 동안, 불안한 사랑의 폭풍이 소리도 없이, 더 깊고 사납게 나를 덮쳐왔다.

우리는 말없이 부둥켜안은 채, 몇 겹으로 쌓아놓은 널빤지 위에 앉아 있었다. 나는 수줍고 당혹스러운 심정으로 베르타의 머리카락을 조심스레 어루만졌고, 그녀의 탄력 있고 도톰한 입술에 내 입술을 눌렀다. 그녀의 따스한 체온이 달콤하고 고통스럽게 나를 감쌌다. 나는 눈을 감았다. 그녀는 자신의 쿵쿵대는 가슴 쪽으로 내 머리를 끌어당겨 품에 꼭 껴안고, 떨리는 손으로 내 얼굴과 머리를 쓰다듬었다.

짙은 혼미함 속에 떨어져 헤매다 겨우 정신을 차리고 눈을 뜨자, 베르타의 진지하고 강인하고 아름다운 얼굴이 슬픔을 머금고 내 위에 머물러 있었다. 그녀의 눈이 멍하니 나를 쳐다보았다. 그녀의 헝클어진 머리칼 아래로 드러난 환한 이마에서 가느다란 선홍색 핏줄기가 얼굴을 타고 목덜미로 흘러내리고 있었다.

"어찌 된 거죠? 무슨 일이에요?" 내가 놀라서 소리쳤다.

그녀는 내 눈을 그윽이 들여다보며 옅은 미소를 지었다.

"세상이 끝나버리려나 봐요." 그녀가 조용히 말했다. 요란한 폭풍 소리에 그녀의 말이 묻혀버렸다.

"피가 나요." 내가 말했다.

"우박 때문이에요. 괜찮아요! 무섭나요?"

"아니요. 하지만 당신은?"

"난 무섭지 않아요. 아, 이제 온 도시가 무너지고 있어요. 당신은… 날 전혀 사랑하지 않는 거죠, 그렇죠?"

나는 말없이 숨죽인 채, 그녀의 크고 맑은 눈망울을, 애달픈 사랑으로 가득한 그 눈을 바라보았다. 그녀가 다시 내게로 몸을 굽혀 애타는 몸짓으로 자신의 입술을 내 입술에 포개었을 때, 나는 멍하니 그녀의 진지한 눈을 바라보았다. 왼쪽 눈 옆, 희고 싱그러운 피부 위로 얇은 선홍빛 피가 흐르고 있었다. 내 감각은 취해서 비틀거렸지만, 내 마음은 거기서 벗어나려 발버둥 쳤고, 원치 않는 사랑의 폭풍에 휩쓸려가지 않으려 절망적으로 저항했다. 나는 몸을 일으켰고, 베르타는 내 눈빛에서 연민을 읽어냈다.

그녀는 몸을 뒤로 젖히고, 성난 눈빛으로 나를 바라보았다. 내가 연민과 걱정을 담아 손을 내밀자, 그녀는 두 손으로 내 손을 잡더니 무릎을 꿇은 채로 내 손에 얼굴을 묻고 울기 시작했다. 그녀의 눈물이 내 떨리는 손을 따뜻하게 적셨다. 나는 어쩔 줄 몰라 하며 그녀를 내려다보았다.

그녀의 머리는 내 손 위에서 흐느끼고 있었고, 그녀의 목덜미 위에는 부드러운 잔머리가 물결을 이루었다. 아, 이 사람이 다른 사람이라면, 내가 정말 사랑하는 사람, 마음을 줄 수 있는 사람이라면 얼마나 좋을까. 그러면 이 달콤한 머리칼을 사랑이 깃든 손가락으로 얼마나 쓰다듬고 싶을까. 이 하얀 목에 얼마나 입 맞추고 싶을까! 그러나 나의 흥분은 가라앉았고, 나의 청춘과 신의를 바치고 싶지 않은 여자가 내 발 앞에 무릎을 꿇고 있는 걸 보자니 깊은 수치심과 고통이 밀려왔다.

이 모든 것은 내가 마치 마법에 걸린 한 해처럼 살아낸 것이며, 지금도 수백 가지 자잘한 몸짓과 표정으로 인해 하나의 긴 시간처럼 기억 속에 있지만, 실제로는 단 몇 분밖에 지속되지 않았다. 곧이어 불현듯 환한 빛이 비쳐 들며, 군데군데 파란 하늘이 화해하듯 순진무구한 모습으로 얼굴을 드러냈다. 그렇게 휘몰아치던 광풍이 마치 칼로 자른 듯 한순간에 잦아들고, 믿기지 않는 놀라운 정적이 우리를 감쌌다.

나는 마치 환상 속 꿈의 동굴을 빠져나오듯, 아직 살아 있다는 사실에 얼떨떨한 기분으로 헛간에서 나와 다시 돌아온 한낮으로 들어갔다. 뜰은 정말 처참한 모습이었다. 폭풍이 할퀴고 간 땅은 말발굽이 휩쓸고 지나간 듯했고, 곳곳에 우박이 쌓여 있었다. 낚시도구들은 전부 어디론가 사라졌고, 양동이도 온데간데없었다. 공장에서 사람들 떠드는 소리가 들려왔다. 깨진 유리창 너머로 공장 내부가 들여다보였다. 문마다 사람들이 밀려나오고 있었다. 공장 바닥은 유리 파편과 깨진 벽돌로 가득했고, 기다란 양철 빗물받이가 뜯겨 나와 구부러진 채 건물 중간쯤에 비스듬히 매달려 있었다.

나는 방금 전 일은 모두 잊어버리고, 오직 폭풍이 무슨 일을 저질렀는지 보려는, 맹렬하고 초조한 호기심으로 가득 차 있었다. 공장의 깨진 유리창과 기와는 언뜻 보기에는 굉장히 처참하고 딱해 보였지만, 생각보다 그리 끔찍하지는 않았다. 내가 느꼈던 폭풍의 무시무시한 인상만큼은 아니었다. 나는 안도의 한숨을 쉬었다. 우습게도 조금쯤 실망스럽고, 흥이 깨진 느낌이 들기도 했다. 집들은 전과 다름없이 그 자리에 서 있었고, 골짜기 양쪽의 산도 건재했다. 그랬다. 세상은 끝나지 않았다.

하지만 공장 마당을 지나 다리를 건너 첫 번째 골목으로 접어들자, 재앙은 다시금 끔찍한 모습을 드러냈다. 작은 골목에는 산산조각 난 유리창과 바스러진 덧문이 널려 있었고, 굴뚝 두 개가 무너져 내리며 지붕 일부를 훼손했다. 문마다 사람들이 망연자실한 표정으로 서서 혀를 차고 있었다. 그 풍경은 내가 그림에서나 보았던, 포위되고 점령된 도시의 모습 그대로였다. 돌무더기와 나뭇가지들이 길을 막고 있었고, 창문마다 유리 조각과 파편들이 뒤엉켜 있었다. 정원 울타리는 바닥에 나뒹굴거나 담벼락 위에 매달려 달그락거리고 있었다. 아이들을 찾는 부모들 모습도 보였다. 밭에서 일하다 우박에 맞아 죽은 사람들도 있다고 했다. 사람들은 동전만 한, 아니 동전보다 더 큰 우박덩어리를 가리켜 보였다.

우리 집과 정원에도 피해가 있겠지만, 그냥 집으로 가기에는 나는 너무 흥분해 있었다. 가족들이 나를 찾고 있을지도 모른다는 생각은 아예 하지 못했다. 나는 무사했으니까. 나는 이렇게 길에서 파편 사이를 비틀거리며 다니느니, 조금 더 밖으로 나가보기로 했다. 내가 좋아하는 장소는 무사할까? 묘지 옆 축제가 열리는 마당, 어릴 적 축제 때마다 즐겁게 놀던 그곳. 불과 네댓 시간 전에 절벽에 갔다가 집으로 오는 길에 그곳을 지나쳤다는 사실이 떠올랐다. 참으로 이상했다. 너무나 오랜 시간이 흐른 듯한 느낌이었다.

나는 도로 골목을 내려가 아래쪽 다리를 건넜다. 가는 길에 정원 나무 사이로 붉은 사암으로 지어진 교회탑이 온전한 모습으로 우뚝 서 있는 게 보였다. 체육관도 별다른 피해는 없어 보였다. 체육관 위쪽엔 약간 외따로 떨어진 오래된 음식점이 하나 있었다. 멀리서부터 지붕이 보였다. 음식점은 평소와 다름없이 그 자리에 있었지만, 이상하게도 뭔가 달라 보였다. 나는 그 이유를 금방 알아채지 못했다. 무엇이 달라졌는지 곰곰이 생각해본 끝에, 나는 그 앞에 서 있던 두 그루의 포플러나무가 사라졌다는 걸 알게 되었다. 어릴 때부터 익숙했던 풍경이 망가지고, 사랑하는 장소가 훼손되어 버린 것이었다.

슬픈 예감이 밀려왔다. 더 많은 것, 더 소중한 것들이 망가져버린 건 아닐까. 새삼 내가 고향을 얼마나 사랑하는지 뼈저리게 느껴졌다. 지붕과 탑과 다리와 골목과 나무들, 정원과 숲에 나의 마음과 행복이 얼마나 깊이 연결되어 있는지를. 나는 스산한 마음으로 저 위, 축제가 열리는 마당을 향해 걸음을 재촉했다.

마당에 다다른 나는 그 자리에 우뚝 서서, 내 사랑스러운 추억의 장소를 보았다. 형언하기 어려울 정도로 파괴된 모습을. 그 그늘 아래 축제를 즐겼던 밤나무 고목들, 친구들 서너 명이 손을 맞잡고 둘러싸도 닿지 않았던 육중한 둥치를 자랑하던 고목들이 부러지고, 쪼개지고, 뿌리째 뽑혀 땅에는 집채만 한 구멍이 나 있었다. 밤나무는 단 한 그루도 남지 않았다. 참혹한 전쟁터를 방불케 하는 모습이었다. 보리수나무와 단풍나무도 줄줄이 쓰러져 있었다. 넓은 마당은 부러진 가지들과 쪼개진 나무줄기, 뿌리, 흙덩이들로 가히 난장판이 되어 있었다. 커다란 나무 둥치들은 아직 땅에 뿌리를 박고 있었지만, 줄기는 다 잘려 나가 더는 나무의 형체를 갖추고 있지 않았다. 꺾이고 비틀린 채, 하얀 속살을 드러내고 있었다.

뒤죽박죽으로 엉킨 나무줄기와 잔해들이 길을 막아 더 이상 나아갈 수가 없었다. 어린 시절부터 깊은 그늘과 거룩한 나무들의 신전으로 기억되던 그곳이, 어떻게 이렇게 되었단 말인가. 무참한 잔해 위로 텅 빈 하늘만이 빼꼼히 세상을 내려다보고 있었다.

나는 마치 내 안의 은밀한 뿌리가 죄다 뽑힌 채, 쨍한 대낮으로 내던져진 기분이었다. 그 뒤 며칠간을 배회했지만, 좋아하던 숲길도, 정겹던 호두나무 그늘도, 어린 시절 오르곤 했던 참나무도 더는 만날 수 없었다. 도시 주변은 온통 초토화되어 있었다. 온갖 잔해들이 나뒹굴고, 땅에는 구멍이 뚫리고, 비탈진 숲은 풀처럼 베어져 있었다. 죽은 나무들이 뿌리를 드러내고, 태양을 향해 탄식하고 있었다. 나와 내 어린 시절 사이에 간극이 생겨버렸다. 내 고향은 이제 더는 예전의 고향이 아니었다. 사랑스럽고 순진했던 지난날들이 내게서 떨어져 나갔다. 그로부터 얼마 뒤 나는 그 도시를 등졌다. 어른이 되기 위해. 이 며칠, 나를 스쳐갔던 삶의 첫 그늘을 견뎌내기 위해.

여름 별장에서

На даче

안톤 체호프(Антон Павлович Чехов, 1860~1904)

러시아 타간로그 출신. 의사이자 사실주의를 대표하는 소설가이자, 극작가다. 《개를 데리고 다니는 여인》을 비롯해 인간 심리를 섬세하게 그려낸 단편으로 세계 문학사에 큰 발자취를 남겼다. 《벚꽃동산》, 《바냐 아저씨》 등의 희곡은 러시아 사회의 몰락과 변화의 징후를 깊이 있게 포착했다. 간결한 문체와 절제된 표현으로 현대 단편과 희곡의 새로운 지평을 열었다.

—

 당신을 사랑합니다. 당신은 제 생명, 제 행복, 제 모든 것입니다. 고통스러워 더는 침묵할 수 없게 된 저의 이런 고백을 용서하세요. 당신의 사랑은 기대하지 않습니다. 그저 가련히 여겨주셨으면 합니다. 오늘 저녁 여덟 시에 낡은 정자로 나와주시겠어요? 제 이름을 적는 건 지나친 행동 같습니다. 익명으로 보내는 편지에 언짢아하지는 말아주세요. 저는 젊고 꽤 괜찮은 외모의 여자랍니다. 이 정도만 알려드리면 되겠지요.

 편지를 읽은 별장 주인 파벨 이바니치 비호체프는 어깨를 들썩이며 곤란한 표정으로 이마를 문질렀다. 그는 기혼으로 가정적이고 선량한 사람이었다.
 '이게 대체 무슨 장난이람? 결혼한 남자한테 갑자기 이런 터무니없는 편지라니? 누가 보낸 거지?'
 그는 편지를 빙글빙글 돌려보다가 다시 한번 읽더니 퉤하고 침을 뱉었다.
 "당신을 사랑합니다." 첫 문장을 소리 내어 다시 읽으며 그는 생각했다. '쓸 만한 놈을 찾았다 이거지? 이런 편지를 받았으니 내가 틀림없이 정자로 뛰어갈 거라고 생각한 모양이고. 이봐, 난 이런 연애니 사랑의 꽃다발 따위는 벌써 잊은 지 오래야. 분명 어딘가 좀 이상하고 바람기 있는 여자일 거야. 하여튼 여자란 족속은… 잘 알지도 못하는, 게다가 결혼까지 한 남자에게 이런 편지를 보내다니. 얼마나 발랑 까졌다는 건지…. 도덕이 땅에 떨어졌다니까!'

팔 년의 결혼 생활을 거치면서 파벨 이바니치는 섬세한 감정과는 멀어진 사람이 되었고, 축하 카드 외에는 편지 한 통 받은 적도 없었다. 그래서인지 겉으로는 시큰둥한 반응을 보이려 하면서도 마음 한편으로는 몹시 신경이 쓰였고 가슴이 설레었다.

편지를 받은 지 한 시간이 지나자 그는 소파에 누워 생각했다. '나는 놈팡이가 아니니까 이런 바보 같은 만남을 위해 뛰쳐나갈 일은 없어. 그래도 누가 이런 편지를 보냈는지 알아보는 건 재미있겠지? 흠, 필체로 보아선 틀림없이 여자야. 내용도 진지하고 간절하니 장난은 아닌 것 같고, 정신이 좀 이상한 여자거나 외로운 과부가 확실해. 과부는 대체로 경박하고 외골수잖아. 대체 누굴까?'

답을 찾기는 어려웠다. 별장이 모여 있는 이 마을에서 파벨 이바니치가 아는 여자는 오로지 한 사람, 아내뿐이었다.

'참으로 이상해. 당신을 사랑합니다, 라니. 대체 어떻게 사랑하게 되었다는 거지? 인사도 나눠본 적 없고 내가 어떤 사람인지도 모르는데, 밑도 끝도 없이 사랑이라니…. 놀라운 일이 아닐 수 없어. 두세 번 흘끗 보고 그렇게 된 거라면 아직 한참 어리고 낭만적인 여자겠지. 대체 누굴까?'

어제와 그제 산책길에 몇 번 마주친 젊은 여자가 갑자기 떠올랐다. 금발 머리에 하늘색 옷을 입고, 코가 오똑한 여자였다. 자꾸 그를 쳐다보았고, 그가 벤치에 앉자 근처에 앉기도 했지.

'그 여자일까? 설마 그럴 리가! 불면 꺼질 듯한 그 가냘픈 존재가 나처럼 늙고 볼품없는 남자를 사랑할 수 있다고? 아니, 그건 불가능해!'

점심 무렵, 파벨 이바니치는 멍하니 아내를 바라보면서 생각을 이어갔다. '자기가 젊고 꽤 괜찮은 외모라고 했지. 그렇다면 나이가 많지는 않다는 거야…. 흠, 솔직히 나 아직 그렇게 늙지도 볼품이 없지도 않아. 그러니까 누군가 나를 사랑하는 게 영 불가능한 일은 아니지. 아내도 날 사랑하고. 게다가 사랑은 두 눈을 멀게 만든다잖아….'

"무슨 생각을 그렇게 해요?" 아내가 물었다.

"그냥, 머리가 좀 아픈 것 같아서 그래." 파벨 이바니치가 둘러댔다.

그는 연애편지 따위에 신경을 쓰는 건 바보 같은 짓이라고 결론지었고, 편지와 발신자를 싸잡아 비웃었다. 하지만 호기심이라는 인간의 적은 얼마나 강하단 말인가! 식사 후 파벨 이바니치는 침대에 누웠지만 낮잠을 자는 대신 생각에 잠기고 말았다.

'여자는 내가 나타나기를 기대할 것 아닌가! 어리석은 여자 같으니라고…. 내가 정자에 나타나지 않으면 신경이 곤두서서 온몸을 바르르 떨지도 몰라…. 그렇지만 난 가지 않겠어. 알게 뭐람!'

하지만 다시 말하건대 호기심이라는 인간의 적은 강하다.

삼십 분쯤 지나자 그는 다시 생각했다. '궁금하니 가보는 건 괜찮겠지. 멀찍이 떨어져서 대체 누군지만 확인하는 거야. 그것만으로도 재미있잖아. 우습기도 하고 말이야. 이런 기회가 생겼는데, 웃을 일을 마다할 이유가 뭐람.'

파벨 이바니치는 자리에서 일어나 옷을 입기 시작했다.

"무슨 일로 그렇게 차려입어요?" 깨끗한 와이셔츠에 멋진 넥타이까지 매는 남편을 보고 아내가 물었다.

"그냥, 산책을 좀 하려고… 머리가 아파서 말이야."

파벨 이바니치는 옷을 다 입고 여덟 시까지 기다린 뒤 집을 나섰다. 뉘엿뉘엿 지는 태양 아래 한층 선명해진 초록빛을 배경으로 색색의 옷을 차려입은 신사 숙녀들이 보이기 시작하자 심장이 뛰었다.

'저 중 누구일까?' 그는 숙녀들 얼굴을 조심스레 훔쳐보았다. '금발 여자는 보이지 않는군. 그 여자라면 벌써 정자에 가 있을지도 몰라.'

파벨 이바니치는 가로수길에 들어섰다. 그 길 끝에 이르자, 키 큰 보리수의 어린잎들 사이로 낡은 정자가 모습을 드러냈다. 그는 머뭇머뭇 발걸음을 옮겼다.

'멀리서 보기만 하는 거야. 대체 왜 당당하게 걷지 못하는 거지? 여자를 만나러 가는 것도 아니잖아! 멍청이 같으니라고! 성큼성큼 걸어봐! 그런데 내가 정자 안으로 들어가면 어떻게 되는 거지? 아니지, 굳이 그럴 필요는 없잖아.'

파벨 이바니치의 심장이 한층 세게 뛰었다. 애써 부정하는 마음과 달리 어두컴컴한 정자 안에 자신이 앉아 있는 모습이 불현듯 떠올랐다. 하늘색 옷을 입고 코가 오똑한 금발의 미녀도 등장했다. 미녀는 부끄러워 온몸을 떨며 수줍게 다가와 뜨거운 숨을 내뱉다가 갑자기 그를 꼭 끌어안고 만다….

'내가 결혼하지 않은 몸이라면 거리낄 게 전혀 없을 텐데.'

그는 죄스러운 상상을 밀어내며 생각했다. '평생 단 한 번이라면 이런 경험도 뭐 괜찮지 않을까? 아니면 이게 대체 뭔지도 모른 채 죽게 되겠지. 하지만 아내는… 아내는 어쩌지? 맹세코 지난 팔 년 동안 잘못된 행동 한 번 없었어. 팔 년 내내 나무랄 데 없는 남편이었다고. 그런데 앞으로도 계속 그렇게 사는 건 끔찍한 일이야. 이번 기회에 나는 달라지고 말 거야!'

온몸이 부들부들 떨리고 숨이 가빠졌다. 그렇게 파벨 이바니치는 정자에 다가갔다. 담쟁이와 야생 포도나무에 휘감겨 무너져가는 정자 안을 들여다보았다. 습기와 곰팡이 냄새가 훅 풍겼다.

'아무도 없는 것 같은데….' 이렇게 생각하며 정자 안으로 들어서는데 그때 구석에서 사람 형상이 보였다.

남자였다…. 다시 살펴보니 여름 동안 별장에서 함께 지내고 있는 대학생 처남 미챠였다.

"아, 자네가 여기 있었나?" 그는 못마땅하다는 듯 중얼거리며 모자를 벗고 자리에 앉았다.

"네. 제가…." 미챠도 우물거리며 대답했다.

잠시 침묵이 흘렀다.

미챠가 먼저 입을 열었다. "죄송하지만, 매형, 여긴 저 혼자 있었으면 합니다. 논문 구상을 하는 중이라… 옆에 누가 있으면 방해가 되어서요."

"그럼 가로수길을 산책하면 되겠구먼." 파벨 이바니치가 점잖게 말했다. "신선한 공기를 마시면 생각도 더 잘 나는 법이지. 난 여기서 잠깐 눈을 붙이려던 참이라…. 여긴 그리 덥지도 않거든."

"매형이 잠깐 눈을 붙이는 것보다 제가 논문을 구상하는 게 더 중요한 일 같은데요." 미챠가 투덜거렸다.

다시 침묵이 흘렀다. 파벨 이바니치는 어느새 또다시 달콤한 상상 속으로 빠져들고 있었다. 그때, 누군가의 발소리가 들렸다. 그가 벌떡 일어나 거의 울먹거리며 말했다.

"제발 부탁일세, 미챠! 자네는 나보다 어리니 날 좀 존중해줘야 해. 난 지금 몸이 불편해서 좀 쉬고 싶다고. 그러니 여기서 나가주게!"

"이기적이십니다. 어째서 제가 아니라 매형이 여기 계셔야 한다는 거죠? 제가 나가야 할 이유는 없습니다."

"부탁하네! 자네가 나를 이기주의자든, 폭군이든, 멍청이라 부른다 해도 좋아. 좀 나가주게. 평생 단 한 번뿐인 부탁일세. 좀 들어줘."

미챠가 고개를 저었다.

'이런 놈을 봤나.' 파벨 이바니치가 생각했다. '처남이 있으면 만남을 가질 수가 없잖아! 그건 불가능해!'

"미챠, 제발 좀 들어봐. 진심으로 간절히 부탁하는 거야. 자네가 현명하고 따뜻하고 교양 있는 사람이라는 걸 좀 보여주게!"

"왜 이렇게 고집을 부리시는지 이해가 안 됩니다." 미챠가 어깨를 들썩였다. "다시 말씀드리지만 제가 나가야 할 이유는 없습니다. 그러니 안 나가겠습니다."

바로 그 순간 정자 앞에 코가 오똑한 여자의 얼굴이 어른거렸다.

미챠와 파벨 이바니치가 정자 안에 함께 있는 것을 본 여자는 얼굴을 찌푸리며 사라졌다. '가버렸어!' 파벨 이바니치가 처남을 노려보며 생각했다. '저놈을 보고 가버린 거야! 다 망쳐버렸어!'

잠시 더 기다리다, 파벨 이바니치는 자리에서 일어나 모자를 쓰고 말했다. "자네는 정말 비열하고 파렴치한 인간이야. 쥐새끼 같은 놈! 이토록 멍청할 수가. 우린 이제 끝이야."

"그거 반가운 소리네요!" 미챠도 벌떡 일어나 모자를 쓰며 소리쳤다. "매형이 여기 있었던 게 오늘 저한테 얼마나 끔찍한 일이었는지나 아십시오! 죽는 날까지 매형을 용서하지 못할 겁니다!"

파벨 이바니치는 격분한 채 정자를 떠나 성큼성큼 별장을 향해 걸어갔다. 저녁 식탁이 잘 차려진 것을 보고도 좀처럼 화가 가라앉지 않았다.

'평생 한 번 올까 말까 한 기회였는데, 이렇게 망치다니. 그 여자는 모욕감을 못 이겨 죽어버렸을지도 몰라!'

저녁을 먹는 내내 파벨 이바니치와 미챠는 침울한 얼굴로 자기 접시만 내려다보며 말이 없었다. 둘은 서로가 미워 죽을 지경이었다.

"당신은 뭐가 그렇게 우스워서 웃고 있어?" 파벨 이바니치가 아내를 나무랐다. "이유도 없이 웃는 건 바보나 하는 짓이야!"

하지만 아내는 남편의 화난 얼굴을 쳐다보며 다시 키득거렸다.

"당신 오늘 아침에 편지 받았죠?" 아내가 물었다.

"나? 펴, 편지라니." 파벨 이바니치는 당황했다. "무슨 엉뚱한 소리를 하는 거야."

"그러지 말고 얘기해요! 편지 받았잖아요! 사실 그거 내가 보낸 거예요. 정말이라니까요, 하하하!"

파벨 이바니치는 얼굴이 시뻘겋게 달아올라 고개를 접시 쪽으로 떨구었다. "그런 바보 같은 장난을 치다니…." 그가 중얼거렸다.

"그럼 어쩌겠어요? 오늘 바닥 청소를 해야 하는데 당신을 밖으로 내보낼 방법이 없잖아요? 그런 편지라도 받아야 당신이 움직일 거 아녜요. 그러니 화내지 말아요. 정자에 혼자 있으면 너무 심심할 것 같아 미챠한테도 똑같은 편지를 보냈어요. 미챠, 너도 정자에 갔지?"

미챠가 허탈한 미소를 짓더니 매형에 대한 적대적인 시선을 거두었다.

큐 가든

Kew Gardens

버지니아 울프(Adeline Virginia Woolf, 1882~1941)

영국 런던 출신. 내면의 흐름과 의식을 섬세하게 포착한 모더니즘 문학을 대표하는 작가다. 《댈러웨이 부인》, 《등대로》, 《자기만의 방》 등에서 시간, 자아, 여성의 삶을 실험적으로 탐구하며, 획일성에 반기를 들고 개인적 자유와 유미주의를 강조했다. 그녀의 작품은 여성주의, 독립성, 모더니즘을 강하게 반영하며 오늘날까지 독자에게 큰 영향을 끼친다.

타원형 꽃밭에서 줄기들이 백 개쯤 솟아올라, 중간쯤부터는 하트 모양이나 혀처럼 생긴 잎들을 펼쳐 보였고, 끄트머리에서는 붉고, 푸르고, 노란 꽃잎들이 조금씩 말려 올라가며 피어 있었다. 꽃잎 표면은 색색의 얼룩무늬가 박혀 있고, 그 붉고 푸르고 노란 꽃의 어스름한 목 깊은 곳에서는 금빛 가루로 거칠게 덮인, 끝이 둥글게 부푼 수술이 곧게 뻗어 나왔다. 꽃잎은 어늠 바람에노 쉽게 흔들릴 만큼 넉넉하게 퍼져 있었고, 바람이 지나가면 붉고 푸르고 노란 빛이 겹겹이 스치며 갈색 흙 한 점을 다채로운 빛깔로 물들였다. 그 빛은 때로 매끈한 조약돌의 회색 등 위에, 또는 갈색의 둥근 혈관 무늬가 감긴 달팽이 껍데기 위에 내려앉기도 했고, 또는 빗방울 속으로 스며들어 그 가느다란 물벽을 붉고 푸르고 노란 빛으로 팽창시켰다. 그 순간 물방울은 곧 터져 사라질 듯 보였지만, 이내 다시 은회색의 침묵으로 돌아가 있었다. 빛이 이제 잎사귀의 표면에 내려앉아 그 아래 퍼진 섬유질 잎맥들을 드러내더니, 다시 움직여 하트 모양이거나 혀 모양 잎사귀들 아래의 푸른 대기 속으로 은은하게 퍼져갔다. 그러자 머리 위로 바람이 좀 더 세차게 불었고, 빛이 번쩍 공중으로 퍼지며 칠월의 큐 가든을 거니는 사람들의 눈동자 속으로 흘러들었다.

사람들의 모습은 꽃밭 옆을 따라 느슨하게 흘러갔는데, 그 동작은 어딘지 기묘하게 불규칙해서, 꽃밭 사이를 지그재그로 날아다니는 흰 나비와 파란 나비의 움직임과도 비슷했다. 남자가 여자보다 한 뼘쯤 앞서 무심하게 걷고 있었고, 여자는 그보다 목적의식을 지닌 걸음으로 따라가고 있었다. 그녀는 이따금 고개를 돌려 아이들이 너무 멀리 떨어지지 않았는지만 확인할 뿐이었다. 남자는 이 거리를 일부러, 어쩌면 무의식적으로도 유지하고 있었다. 그는 생각에 잠기고 싶었던 것이다.

'십오 년 전에 릴리와 이곳에 왔었지.' 그는 생각했다. '우린 저쪽 호수 근처 어디쯤에 앉았고, 나는 뜨겁던 한낮 내내 그녀에게 청혼했어. 잠자리 한 마리가 우리 둘레를 빙빙 돌았지. 그 잠자리 그리고 그녀의 구두가 아직도 또렷이 떠올라. 발끝에 은색 네모 버클이 달린 구두였지. 내가 무슨 말을 하든 내 눈엔 그 구두밖에 안 보였어. 그 구두가 초조하게 움직일 때마다, 고개를 들지 않고도 그녀가 무슨 말을 하려는지 알 수 있었지. 그녀의 전부가 그 구두에 담겨 있는 것만 같았어. 그리고 나의 사랑, 나의 갈망은 그 잠자리에 실려 있었지. 왠지 모르게 그 잠자리가 저기 저 넓은 잎, 가운데에 붉은 꽃이 피어 있는 그 잎 위에 내려앉기만 하면, 그녀가 당장 '좋아요'라고 말해줄 거라 믿었어. 하지만 잠자리는 빙빙 돌기만 하고 어디에도 내려앉지 않았지. 물론 그게 다행이었지. 안 그랬다면 지금 이렇게 엘리너랑 아이들과 함께 산책하는 일도 없었겠지.'

"엘리너, 가끔… 지난날을 떠올릴 때가 있나요?"

"왜 그런 걸 묻죠, 사이먼?"

"지금 그 생각을 하고 있었거든요. 릴리 생각이 났어요. 나와 결혼할 뻔했던 여자…. 왜 아무 말이 없어요? 내가 과거를 떠올리는 게 불편한가요?"

"내가 왜 불편해야 하죠? 정원에 있으면 누구나 과거를 떠올리게 마련이잖아요. 저기 나무 그늘 아래 누워 있는 저 사람들 좀 봐요. 결국 우리의 과거란 게 저런 사람들이죠. 저런 남자들과 여자들, 나무 아래 누워 있는 저 유령들, 그게 곧 우리의 행복, 우리의 현실이 아닌가요?"

"내겐 은색 네모 버클이 달린 구두랑 잠자리예요."

"내겐 입맞춤이에요. 한번 상상해봐요. 이십 년 전쯤이었죠. 어린 여자아이 여섯이 호숫가에 이젤을 세우고 앉아 수

련을 그리고 있었어요. 난생처음 본 붉은 수련이었죠. 그런데 갑자기, 목덜미에 입맞춤이. 그 뒤로 온종일 손이 떨려서 그림을 제대로 그릴 수가 없었어요. 결국 나는 시계를 꺼내 딱 오 분만 그 입맞춤을 떠올리기로 했어요. 너무 소중했거든요. 입맞춤을 건넨 이는, 코에 점이 있는 백발의 나이 든 여인이었어요. 그 입맞춤은, 내 모든 입맞춤의 시초였죠. 이리 와, 캐럴라인, 휴버트."

그들은 이제 넷이 되어 꽃밭 옆을 다시 나란히 걸었고, 나무들 사이로 점점 작아지더니, 햇빛과 그늘이 흘러넘치는 틈에서 반쯤 투명하게 보였다. 그들의 등 위로는 크고 불규칙한 빛과 그림자가 떨리듯 흘러갔다.

타원형 꽃밭 속에서는, 붉고 푸르고 노란 빛으로 잠시 물들어 있던 달팽이가 이제껏 가만히 있던 껍데기 속에서 아주 조금씩 몸을 움직이기 시작했다. 그러더니 느슨한 흙부스러기 위를 더듬듯 기어가기 시작했는데, 달팽이가 지나갈 때마다 그 흙들이 흘러내리고 굴러떨어졌다. 달팽이에게는 뚜렷한 목적지가 있는 듯 보였다. 이 점에서는, 달팽이를 가로지르려다 잠시 망설이던 초록색의 뻣뻣하고 각진 벌레와는 달랐다. 그 벌레는 더듬이를 가늘게 떨며 잠깐 머뭇거리더니, 이내 반대쪽으로 방향을 바꿔 낯설고 빠른 걸음으로 달아나버렸다. 갈색 벼랑, 그 틈에 고인 짙푸른 호수들, 뿌리에서 끝까지 흔들리는 납작한 잎사귀의 나무들, 회색의 둥근 바위들, 바삭거릴 듯 얇고 쭈글쭈글한 질감의 거대한 지표면, 이 모든 것들이 달팽이가 한 줄기에서 다른 줄기로 기어가기까지 지나쳐야 할 길 위에 놓여 있었다. 달팽이가 말라붙은 잎사귀가 만든 아치형 텐트를 돌아갈지 그대로 넘어갈지를 결정하기도 전에, 꽃밭 옆으로 또 다른 사람들의 발걸음이 지나갔다.

이번에는 남자 둘이었다. 그중 젊은 쪽은 어딘지 지나치게 침착한 표정을 하고 있다. 그는 시선을 들어 앞을 고정하듯 바라보며 상대의 말을 들었고, 상대가 말을 마치자 다시 고개를 숙이고 땅을 응시했다. 말을 꺼내기까지는 긴 침묵이 흘렀고, 때로는 아무 말도 하지 않을 때도 있었다. 나이가 많은 남자는 걷는 모습부터가 이상하게 불안정하고 비틀거리는 데다, 팔을 홱 내뻗었다가 갑자기 고개를 추켜올리는 동작이 꼭 오래도록 문 앞에 서 있다 지친 말처럼 보였다. 하지만 그의 동작은 망설임이 가득했고, 어떤 목적도 느껴지지 않았다. 그는 거의 쉬지 않고 말을 계속했다. 혼잣말하듯 미소를 짓고는, 그 미소를 대답처럼 여기며 다시 말을 이었다. 그는 지금 영혼, 죽은 이들의 영혼에 대해 이야기하고 있었다. 그의 말에 따르면, 지금 이 순간에도 저 하늘 너머 천국에서 그들이 겪은 온갖 기이한 일들을 그에게 속삭이고 있다는 것이었다.

"윌리엄, 고대인들은 천국을 테살리아라고 불렀어. 그리고 지금 이 전쟁 한복판에서, 영혼을 이루는 물질들이 저 언덕들 사이를 천둥처럼 굴러다니고 있다네."

그는 말을 멈추고 무언가를 듣는 것처럼 귀를 기울였다. 그리고 혼자 미소를 짓더니 갑자기 고개를 휙 젖히고 다시 말을 이었다.

"작은 전지 하나랑 고무 절연체 한 조각이면 돼. 절연체였던가? 절연인가, 격리였나? 뭐, 그건 넘어가자고. 어차피 그런 세세한 건 설명해도 잘 모를 테니까. 중요한 건 이 작은 장치를 침대 머리맡, 이를테면 잘 닦인 마호가니 받침대 같은 곳에 놓으면 된다는 거야. 모든 설치는 내 지시에 따라 기술자들이 정확히 마무리해. 그러고 나면, 미망인은 약속한 신호에 따라 이 장치에 귀를 갖다댄 뒤, 죽은 이의 영혼을 불러. 대부분 여성이야. 남편을 잃은 미망인들이지. 검은 상복을 입은 여자들 말이야."

그때 그는 멀리서 걸어오는 한 여자의 드레스를 본 듯했다. 그늘 속에서 그 드레스의 색깔은 자줏빛이 섞인 검정처럼 보였다. 그는 모자를 벗고 가슴에 손을 얹더니, 무언가를 중얼거리고는 격렬한 몸짓을 해 보이며 그녀 쪽으로 성큼 다가갔다. 그러나 윌리엄이 그의 소매를 붙잡고, 지팡이 끝으로 꽃 하나를 가리켰다. 나이가 많은 남자는 잠시 멈춰 혼란스러운 눈빛으로 꽃을 바라보다가, 이내 꽃에 귀를 갖다 댔다. 마치 그 안에서 들려오는 목소리에 응답하듯 다시 말을 잇기 시작했다. 그는 자신이 수백 년 전, 유럽에서 가장 아름다운 젊은 여인과 함께 우루과이의 숲을 여행했다고 했다. 그가 윌리엄과 함께 천천히 걸음을 옮기는 동안, 그의 입에서는 낮고 흐릿힌 목소리로 우루과이의 숲 이야기, 열대 장미의 밀랍 같은 꽃잎, 나이팅게일, 바닷가, 인어, 그리고 바다에 빠져 익사한 여자들에 대한 환상이 흘러나왔다. 그의 옆을 걷고 있는 윌리엄의 얼굴에는 점점 더 깊어지는, 묵묵한 인내의 표정이 드리워졌다.

그의 뒤를 바짝 따라가며, 그의 이상한 몸짓을 지켜보던 두 여인이 있었다. 중하층 계급의 나이 든 여자들이었는데, 한 명은 몸집이 크고 묵직했으며, 다른 한 명은 볼이 붉고 움직임이 날쌨다. 그들 계층의 사람들이 대개 그렇듯, 특히 상류층 사람들에게서 드러나는 정신 이상이나 괴이한 기색에는 노골적인 호기심을 품곤 했다. 하지만 지금은 너무 멀리 떨어져 있어서 그의 행동이 단순한 기행인지, 아니면 진짜 광기에서 비롯된 것인지 분간하기 어려웠다. 그들은 잠시 말없이 남자의 등을 응시하더니, 곧 서로 야릇한 눈빛을 주고받고는 이내 그들의 복잡하기 짝이 없는 대화를 이어붙이기 시작했다.

"넬, 버트, 롯, 세스, 필, 아버지… 그가 말했지, 내가 말했어, 그녀가 말했어, 내가 말했지, 또 내가 말했어, 그리고 또 내가 말했지."

"내 버트, 시스, 빌, 할아버지, 그 노인, 설탕, 설탕, 밀가루, 훈제 청어, 채소, 설탕, 설탕, 설탕."

몸집이 큰 여자는 쏟아지는 말들의 무늬 너머로, 흙 위에 시원하고 단단하게, 꼿꼿이 서 있는 꽃들을 바라보며 어딘가 이상한 표정을 지었다. 그녀는, 마치 깊은 잠에서 막 깨어난 사람이 낯선 방식으로 빛을 반사하는 황동 촛대를 바라보다 눈을 감고 다시 뜨면서 마침내 완전히 정신을 차리고 그 촛대를 응시하는 것처럼, 꽃들을 바라보았다. 그러고는 타원형 꽃밭 앞에 멈춰 서서 더는 친구의 말조차 들으려 하지 않았다. 그 자리에 조용히 선 채, 흘러내리는 말들을 그대로 둔 채, 상반신을 천천히 앞뒤로 흔들며 꽃을 바라보았다. 그러고 나서 그녀는 어딘가에 앉아서 차를 마시자고 제안했다.

  한편, 달팽이는 말라붙은 잎사귀를 돌아가지 않고도 목적지에 이를 수 있는 방법을 하나하나 따져보고 있었다. 무엇보다 잎사귀 위로 기어오르는 데 필요한 힘이 걱정이었지만 그보다 더 불안한 건, 뿔 끝만 스쳐도 바스락거릴 만큼 얇게 떨리는 그 잎사귀가 제 무게를 견뎌낼 수 있을지 확신할 수 없다는 것이었다. 결국 잎사귀 아래로 기어들기로 마음먹었다. 잎이 땅바닥 위로 둥글게 들려 있는 그 틈으로 몸을 들이밀 수 있을 것 같았다. 머리를 조심스레 밀어 넣고, 안쪽의 높은 갈색 지붕을 살펴보며, 그 시늘한 갈색빛을 서서히 눈에 익혀가고 있었다. 바로 그때, 잔디밭 바깥으로 또 다른 두 사람이 지나갔다. 이번엔 젊은 남녀였다. 두 사람 모두 청춘의 한가운데, 어쩌면 청춘의 문턱에 이제 막 발을 디딘 시기였는지도 모른다. 꽃잎이 점액질 껍질을 깨고 막 터지려는 순간, 지금 막 자란 나비의 날개가 햇살 아래에서 아직 미동조차 하지 않은 바로 그 시절.

  "오늘이 금요일이 아닌 건 행운이야." 그가 말했다.

  "왜? 그런데 당신, 행운 같은 걸 믿는 거야?"

  "금요일엔 입장료로 6펜스를 내야 하거든."

  "6펜스쯤은 낼 수 있잖아. 이게 그만 한 가치는 있잖아?"

"'이게'라니… '이게' 어떤 의미야?"

"그냥… 이 모든 게. 그러니까… 무슨 느낌인지 당신도 알 잖아."

이 말들 사이에는 길고 긴 침묵이 흘렀고, 말들은 단조롭고 무미건조한 목소리로 뚝뚝 흘러나왔다. 두 사람은 꽃밭 가장자리에서 발걸음을 멈췄고, 함께 그녀의 양산 끝을 부드러운 흙 속 깊이 눌러 박았다. 그 행동, 그리고 그의 손이 그녀의 손등 위에 얹힌 채 가만히 머물러 있는 그 모습은, 어쩐지 기묘한 방식으로 그들의 감정을 표현해 보이고 있었다. 이 짧고 하찮은 말들이 그랬던 것처럼, 그들의 감정을 묘하게 드러내고 있었다. 짧은 날개를 가진 말들은 무거운 뜻을 간신히 지탱하며 멀리 날아가지 못한 채, 결국 어설프게 그들 주위의 너무도 평범한 사물들 위에 내려앉았다. 하지만 그 평범한 것들조차, 이 미숙한 젊은이들의 손길에는 낯설고 무겁게 느껴졌다. 그럼에도 그들은 생각했다. ― 함께 양산을 흙 속에 누르며 ― 혹시 그 안에 깊은 낭떠러지가 숨겨져 있는 것은 아닐까? 저편, 햇빛 속에 반짝이는 얼음 비탈이 펼쳐져 있는 것은 아닐까? 누가 알 수 있을까? 누가 이런 순간을 전에 본 적이 있단 말인가? 그녀가 큐 가든에서는 어떤 차를 내줄까 하고 궁금해했을 때조차, 그는 그

말 너머에 무언가 거대한 것이 서 있는 느낌을 받았다. 아주 천천히 안개가 걷히듯 형체가 드러났다. 오, 하늘이시여, 저 형체들은 대체 무엇이란 말인가? 작고 하얀 탁자들, 먼저 그녀를 보고 그다음엔 그를 바라보는 웨이트리스들, 그리고 놓여 있는 계산서. 그는 진짜 2실링짜리 동전으로 계산을 하게 될 것이다. 그는 주머니 속 동전을 만지작거리며 스스로에게 되뇌었다. 그들 둘을 제외한 모두에게 그것은 확실히 현실이었고, 이제는 그 자신에게조차 점점 더 진짜처럼 느껴지기 시작했다. 그리고 이 생각은 너무나 벅차서, 더는 가만히 서서 곱씹을 수 없었고, 그는 양산을 확 뽑아 들고는 사람들처럼, 다른 사람들처럼 차를 마시는 곳을 찾아 나서고 싶어 안달이 났다.

"얼른 가요, 트리시. 우리도 이제 차 마실 시간이야."

"차는 어디서 마시는 거예요?" 그녀는 묘하게 들뜬 목소리로 물으며 두리번거렸고, 그의 손에 이끌려 잔디길 아래로 걸음을 옮겼다. 그녀는 양산을 끌며 고개를 이리저리 돌렸다. 차 마시는 일은 잊은 지 오래였고, 저쪽으로, 아니 그다음엔 또 저쪽으로 가고 싶다는 생각만이 자꾸 들었다. 그러다 문득 난초와 야생화들 사이에 선 학과 중국식 정자, 그리고 붉은 볏을 단 새를 떠올렸다. 그러나 그는 그녀를 이끌며 걸음을 재촉했다.

그렇게 한 쌍 또 한 쌍, 불규칙하고 목적 없는 비슷한 움직임으로 꽃밭 옆을 지나갔고, 그들은 푸르고 푸른 수증기 같은 층층의 안개 속에 하나둘씩 잠겨갔다. 처음에는 그들의 몸이 분명한 형체와 색을 지녔지만, 이내 그 형체도 색도 푸른 안개 속에 스며들듯 사라졌다. 얼마나 더웠던가. 너무 더워서 지빠귀조차 꽃그늘 아래서 기계처럼 한 발짝씩만 움직였고, 동작 사이마다 긴 쉼을 두었다. 흰 나비들은 어지럽게 날아다니는 대신 꽃 위에서 서로를 따라 춤추듯 겹쳐 오르내리며, 마치 부서진 대리석 기둥의 하얀 조각이 흩날리는 듯한 윤곽을 그려냈다. 야자 온실의 유리 지붕은 햇살 아래 반짝였고, 수십 개의 초록 양산이 한꺼번에 펼쳐진 듯 빛났고, 머리 위로 지나가는 비행기의 윙윙거림 속에는 여름 하늘의 격렬한 영혼이 속삭이고 있었다. 노랑과 검정, 분홍과 눈처럼 흰 빛깔의 형체들이 ― 남자, 여자, 아이 ― 순간 지평선 위에 스치듯 나타났다가, 잔디 위에 넓게 퍼진 노란 빛을 보곤 흔들리듯 나무 그늘을 찾아 들어갔다. 그리고 그들은 물방울처럼 초록과 노랑의 대기 속으로 스며들었고, 붉은빛과 푸른빛으로 그 공간을 희미하게 물들였다. 마치 모든 무겁고 육중한 육체가 이 열기에 땅 위에 축 늘어져 멈춰 있는 듯했다. 그들로부터 새어 나오는 목소리는 마치 두꺼운 밀랍 양초에서 흘러내리는 불꽃처럼 일렁이고 있었다. 목소리들, 그렇다. 목소리들. 말이 되기 전의 목소리들이었다. 갑작스레 고요를 깨뜨리며 흘러나오던 그 소리는, 때로는 깊은 만족의 울림으로, 때로는 격렬한 갈망으로, 혹은 아이들의 목소리에서는 신선한 놀람으로 가득 차 있었다. 고요를 깨뜨린다고? 하지만 그곳엔 고요란 없었다. 내내 버스들이 바퀴를 돌리고 기어를 바꾸는 소리가 났다. 마치 강철로 만들어진 중국 상자들이 서로 맞물려 끊임없이 돌아가는 거대한 둥지처럼, 도시 전체가 윙윙대며 울리고 있었다. 그 위로는 사람들의 목소리가 높이 울려 퍼졌고, 무수한 꽃잎들이 공중으로 그 색을 번쩍이며 흩날렸다.

도시의 패배

The Defeat of the City

오 헨리(O. Henry, 1862~1910)

미국 노스캐롤라이나 출신. 반전 결말과 따뜻한 인간애를 그린 작품으로 널리 사랑받는 단편소설 작가다. 《마지막 잎새》, 《크리스마스 선물》 등에서 평범한 인물들의 삶을 유쾌하고 감동적으로 그렸으며, '오. 헨리식 반전'으로 현대 단편문학의 전형을 세웠다. 짧은 생애에도 불구하고 수백 편의 작품을 남겼다.

―

　로버트 웜슬리가 도시에 들어섰을 때, 그것은 마치 서로를 물어뜯다 끝내 함께 쓰러지는 격렬한 싸움 같았다. 그는 그 싸움에서 재산과 명성을 손에 쥔 승자처럼 보였지만, 정작 도시는 그를 통째로 삼켜버렸다. 도시는 그가 원하는 것을 내어준 뒤, 곧장 자기만의 표식을 새겨넣었다. 그는 도시가 승인한 틀에 맞춰 다시 빚어지고, 잘리고, 다듬어져 마침내 도장이 찍혀 나왔다. 도시는 그에게 사회적 문을 열어주었고, 그를 되새김질하듯 반복된 삶을 살아가는 고상한 무리들이 속한 단정히 깎인 잔디밭 위에 가두어버렸다. 그렇게 그는 복장과 습관, 예법은 물론 지역 중심적 사고방식과 고루한 일상까지도 하나하나 벗어던졌다. 대신 맨해튼 신사 특유의 매혹적인 거만함, 신경을 긁는 완벽함, 세련된 무심함, 균형을 이루는 듯하면서도 어딘가 기울어져 있는 태도를 차츰 몸에 익혀갔다. 그의 위대함은 얼마나 작고 하찮은 인간이 그 안에 숨어 있는지를, 오히려 더욱 선명하게 드러내고 있었다.

　뉴욕 북부의 한 시골 마을 사람들은, 젊고 잘나가는 도시 변호사 로버트 웜슬리를 자기 마을이 길러낸 자랑이라며 뿌듯해했다. 하지만 그들은 불과 여섯 해 전만 해도, 웜슬리 영감의 주근깨투성이 아들 '밥'이 하루 세 끼 챙겨먹던 소박한 농장 생활을 접고, 서커스처럼 분주하고 정신없는 대도시에서 허겁지겁 점심이나 때우며 살아보겠다고 나섰다 하자, 입에 물고 있던 밀짚을 슬며시 빼내며 조롱 섞인 웃음을 터뜨렸던 사람들이다.

그로부터 육 년이 지나자 살인사건 재판이든, 마차 유람이든, 자동차 사고든, 무도회든 로버트 웜슬리라는 이름이 빠지면 뭔가 허전한 느낌이 들 정도였다. 재단사들은 거리에서 그를 붙잡고 주름 하나 없이 다려진 그의 바지에서 새로운 유행의 힌트를 얻으려 안달이었고, 이름만 들어도 조상의 내력이 줄줄 묻어나는 긴 성씨를 가진 클럽 회원들이며, 법정 소환장을 예사로 받아봤을 법한 유서 깊은 가문의 사람들까지도 그를 반갑게 맞아 그의 이름에서 세 글자 정도는 친근하게 불러줄 정도였다.

하지만 로버트 웜슬리의 성공의 정점, 그 매터호른*은 다

---

* **매터호른** 스위스와 이탈리아 국경에 솟은 알프스 봉우리. 가장 높지는 않지만, 뾰족한 실루엣과 험난한 지형으로 유명하다. 쉽게 오를 수 없는 산이라는 점에서 도전과 성공의 상징으로 비유된다.

름 아닌 앨리샤 반 더 풀과의 결혼이었다. 굳이 매터호른을 말하는 까닭은, 이 고귀한 부르주아 가문의 딸이 바로 그처럼 높고, 차갑고, 새하얗고, 쉽게 다가설 수 없는 존재였기 때문이다. 그녀를 둘러싼 사교계의 알프스 산맥을 수천의 등반자들이 황량한 고개를 넘으며 기를 쓰고 올랐지만, 겨우 그녀의 무릎 언저리에 닿을 뿐이었다. 앨리샤는 자기만의 대기층 속에 우뚝 솟아 있었다. 평온했고, 정결했고, 자존심이 강했다. 분수에 발 담그는 일도 없었고, 원숭이에게 밥을 주지도 않았으며, 강아지 따위는 애견 콘테스트가 아니라면 기를 이유가 없다고 생각했다. 그녀는 반 더 풀이었으니까. 분수는 그녀를 위해 물을 뿜는 것이고, 원숭이는 남의 조상님들 곁에 있어야 하며, 강아지란 애초에 앞 못 보는 사람이나 파이프 담배를 피우는 별난 이들을 위한 짐승이라고 믿었다.

그리하여 로버트 웜슬리는 마침내 자신의 매터호른을 정복했다. 그가 절름발이에 곱슬머리를 한 어느 시인*의 말처럼, 산꼭대기에 이를수록 정상은 더 깊은 구름과 눈 속에 가려져 있다는 진실을 깨달았다고 해도, 그는 동상에 걸린 손

---

* 영국 낭만주의 시인인 조지 고든 바이런을 일컫는다.

발을 환한 미소 아래 꼭꼭 감췄다. 그는 운 좋은 사내였고 그 사실을 알고 있었다. 비록 윗옷 속에 아이스크림 냉각기를 숨긴 채 심장을 얼리면서 태연한 척하고 있었을지라도 말이다.

짧게 해외로 신혼여행을 다녀온 두 사람은, 그늘지고 차가운, 햇볕 한 줄기 들지 않는 상류사회라는 고요한 물웅덩이에 뚜렷한 잔물결을 일으켰다. 그들은 폐허가 된 구시가지의 붉은 벽돌 대저택 — 마치 과거의 위대함을 봉인한 묘소 같은 그곳 — 에서 손님들을 맞이했다. 로버트 웜슬리는 아내를 자랑스러워했다. 하지만 그는 한 손으로는 손님들과 악수를 나누면서, 다른 한 손으로는 여전히 등산지팡이와 온도계를 꼭 쥐고 있었다.

어느 날, 앨리샤는 로버트가 어머니에게서 받은 편지 한 통을 발견했다. 문장은 서툴렀지만 따뜻한 손길이 담긴 편지였고, 농작물 이야기와 어머니의 사랑, 농장의 자잘한 소식들로 빼곡했다. 새끼 돼지의 건강이며, 얼마 전 태어난 붉은 송아지 이야기, 그리고 로버트는 잘 지내는지 묻는 말들이 담겨 있었다. 흙 내음이 그대로 밴 듯한, 고향에서 곧장 날아온 편지였다. 꿀벌들의 일대기, 순무에 얽힌 이야기, 갓 낳은 달걀에 바치는 찬가, 점점 잊혀가는 부모의 사연,

폭락한 말린 사과값 이야기까지 고향의 숨결이 고스란히 배어 있었다.

앨리샤가 물었다. "왜 지금껏 당신 어머니의 편지를 보여주지 않았죠?"

그녀의 목소리에는 오페라글라스며 티파니의 외상 장부, 도슨에서 포티마일까지 매끄럽게 달리는 썰매, 할머니 댁 샹들리에에서 짤랑거리던 유리 프리즘, 수녀원 지붕 위에 내려앉은 눈, 그리고 보석금을 단호히 거절하는 경찰서장의 태도 같은 것들이 늘 겹쳐 떠오르곤 했다.

"당신 어머니께서 우리에게 농장에 오라고 하셨네요. 난 농장이란 곳을 한 번도 가본 적이 없어요. 로버트, 한두 주쯤 머물다 와요."

로버트는 마치 대법관이 다수 의견에 엄숙히 동의하듯 거창한 말투로 응답했다.

"그럽시다. 나는 당신이 별로 내켜하지 않을 것 같아 굳이 초대를 전하지 않았어요. 당신이 가고 싶다고 하니 기쁘기 그지없군요."

앨리샤는 옅은 기대감이 비치는 목소리로 말했다.

"그럼 내가 직접 답장을 쓸게요. 펠리체에게 당장 짐을 싸라고 해야겠어요. 트렁크는 일곱 개면 충분하겠지요? 그런

도시의 패배

데, 당신 어머니는 손님을 자주 초대하시나요? 파티 같은 것도 여시고요?"

로버트는 자리에서 벌떡 일어나, 마치 시골 대표 변호사라도 된 듯 일곱 개의 트렁크 중 여섯 개에 대해 단호히 이의를 제기했다. 그는 농장이란 무엇인지 설명하고, 그려보이고, 풀어내고, 납득시키고, 묘사하려 애썼다. 하지만 정작 자기 입에서 나오는 말들이 어쩐지 낯설게 들렸다. 자신이 언제 이렇게 철저한 도시 사람이 되어버렸는지, 그제야 어렴풋이 깨닫고 있었다.

일주일 뒤, 두 사람은 도시에서 다섯 시간쯤 떨어진 작은 시골 간이역에 도착했다. 노새를 몰아 짐마차를 끌던 키 크고 목청 좋은 청년 하나가 로버트를 알아보더니, 익살스러운 얼굴로 소리쳤다.

"오, 이게 누구야? 도시 신사 웜슬리 씨 아니십니까! 드디어 돌아오셨군! 자동차로 마중 나오려 했는데, 아버지가 오늘 십 에이커짜리 클로버 밭을 쟁기로 갈아엎느라 차를 써버렸지 뭐야. 정장을 못 입고 나온 것도 좀 봐줘. 아직 여섯 시도 안 됐잖아, 알다시피."

"반갑다, 톰." 로버트는 동생의 손을 꽉 잡으며 말했다.

"그래, 결국엔 돌아왔지. '드디어'라 해도 할 말 없다.

마지막으로 온 게 벌써 이 년 전이니까. 하지만 이젠 좀 더 자주 올 거야, 동생."

그때, 얇은 무슬린 드레스에 나풀거리는 레이스 양산을 쓴 채, 여름 햇살 아래에서도 북극의 유령처럼 서늘하고 눈의 여신처럼 새하얀 모습으로 앨리샤가 역사 모퉁이를 돌아 나타났다. 그 순간, 톰의 익살은 순식간에 벗겨졌다. 청바지 차림을 한 그는 집으로 향하는 내내 얼어붙었고 노새에게만 살짝 속마음을 털어놓았다.

그들은 마차를 타고 집을 향해 달렸다. 저무는 태양은 흡사 흥청망청 금빛을 흘려보내듯 밀밭 위로 황금빛 햇살을 쏟아부었다. 도시는 이제 아득히 멀어져 있었다. 길은 숲과 골짜기와 언덕을 따라 마치 흐트러진 여름옷에서 떨어진 리본처럼 나풀거리며 이어졌고, 바람은 아침 햇살을 끌고 달리는 태양신의 말을 쫓아오는 장난기 어린 망아지처럼 들뜬 숨결로 그 뒤를 따라왔다.

얼마쯤 지나자, 우거진 숲그늘 속에서 오래된 농가의 회색 지붕이 조심스럽게 모습을 드러냈다. 도로에서 집까지 이어진 긴 오솔길 양옆엔 호두나무가 늘어서 있었고, 들장미 향기와 시냇가의 서늘하고 축축한 버드나무 냄새가 코끝을 간질였다. 그러자 그 순간, 땅의 모든 소리가 일제히 로버트 웜슬리의 영혼을 향해 노래하기 시작했다. 어둑어둑한 숲속 비탈길에서는 낮은 소리가 울렸고, 마른 풀밭에서는 풀벌레 소리가 들려왔고, 흐르는 개울물에서는 잔물결이 일렁였고, 어스름한 초원에서는 목신의 피리 소리가 맑게 피어올랐다. 공중에서는 각다귀를 쫓는 휘파람새들이 그 합창에 얹혀 날갯짓을 더했고, 멀리서 들려오는 어슬렁거리는 소들의 방울소리는 정겨운 반주처럼 깔렸다. 그렇게 자연의 모든 소리는 한목소리로 속삭이고 있었다. "드디어 돌아왔구나, 그렇지?"

땅의 오래된 소리들이 그에게 말을 걸었다. 나뭇잎과 꽃봉오리, 만개한 꽃들이 풋풋했던 젊은 시절의 언어로 속삭였다. 생명이 없는 것들, 익숙한 돌멩이와 울타리, 문짝과 밭고랑, 지붕과 길모퉁이마저도 그에게 말을 걸었다. 그 모든 것들이 생명의 힘을 품고 있었다. 고향은 그에게 미소 지었고, 그는 그 미소의 숨결을 온몸으로 느꼈다. 그의 마음은 마치 한때는 잊었던 옛사랑에게 순식간에 다시 끌리듯 고향을 향해 당겨졌다. 도시는 이제 멀리 사라져버린 듯했다.

그리하여 로버트 웜슬리는 이 시골적 회귀 본능에 사로잡혔고, 이 감정은 그의 몸과 마음을 완전히 지배했다. 그리고 그는 이상한 깨달음에 도달했다. 그의 곁에 앉아 있는 앨리샤가 문득 낯선 사람처럼 느껴진 것이다. 그녀는 다시 살아난 이 정서에 속한 사람이 아니었다. 한 번도 그녀가 이토록 멀고, 흐릿하고, 아득하고, 비현실적인 존재로 느껴진 적은 없었다. 그럼에도 바로 그 순간 그는 그녀를 어느 때보다 더 아름답다고 느꼈다. 허름한 마차에 나란히 앉아 있는 그녀는, 그의 마음과도 눈앞에 펼쳐진 시골 풍경과도 전혀 어울리지 않았지만, 마치 농부의 양배추밭 한가운데 매터호른이 우뚝 솟아 있는 것처럼, 그 부조화 속에서 더욱 눈부셨다.

그날 밤, 인사를 나누고 저녁 식사까지 마친 가족 모두, 누렁이 비프까지도 잎마당 현관에 나와 사리를 폈다. 앨리샤는 우아한 연회색 가운을 입고 도도하지는 않았지만 말없이, 그림자 속에 조용히 앉아 있었다. 로버트의 어머니는 행복한 얼굴로 그녀에게 마멀레이드와 허리 통증에 관한 이야기를 늘어놓았다. 톰은 맨 위 계단에 걸터앉았고, 밀리와 팸 자매는 맨 아래 계단에서 반딧불이를 잡으려 손을 뻗고 있었다. 어머니는 버드나무로 만든 흔들의자에, 아버지는 팔걸이 하나가 부러진 큼직한 안락의자에 앉아 있었고, 버프는 모두의 길을 막은 채 현관 한가운데 드러누워 있었다.

땅거미가 내려앉자 장난꾸러기 황혼의 요정들이 몰래 모습을 드러내더니 로버트의 가슴에 한 줄기 날카로운 기억의 화살을 깊숙이 꽂았다. '시골의 광기'라 부를 만한 것이 그의 영혼을 적셨고, 도시는 어느새 아득히 멀어져 있었다.

아버지는 깍듯이 예의를 차린답시고 파이프 담배도 물지 않고 무거운 장화를 신은 채 답답해하며 앉아 있었다. 그때 로버트가 소리쳤다.

"아버지, 이럴 것까지 없어요!"

그는 아버지의 파이프 담배를 가져와 불을 붙였고, 장화를 낚아채 벗기기 시작했다. 마지막 한 짝이 휙 빠지는 순간, 워싱턴스퀘어에서 온 로버트 웜슬리는 현관에서 뒤로 벌렁 나자빠졌고, 그 위로 버프가 덮치며 컹컹 짖어댔다. 톰은 코웃음을 터뜨리며 한껏 웃었다.

그러자 로버트는 재빨리 코트와 조끼를 벗어 라일락 덤불 속으로 힘껏 내던졌다.

"이리 나와, 얼간이 녀석!" 그가 톰을 향해 외쳤다. "네 등짝에다 풀씨 좀 발라줘야겠다. 아까 날 '도시 신사'라 부르지 않았냐? 어서 나와, 실력 좀 겨뤄보자고!"

톰은 도전의 의미를 단박에 알아차리고, 흔쾌히 받아들였다. 둘은 서로의 옆구리를 붙잡고 잔디밭 위에서 세 차례나 뒹굴었다. 꼭 씨름판의 거인들처럼. 그 가운데 두 번은 톰이 저명한 도시 변호사의 손에 붙들려 잔디밭에 나뒹구는 신

세가 되었다. 숨이 턱까지 차오른 채, 헝클어진 머리와 구겨진 옷차림으로 서로의 기량을 자랑하며, 둘은 비틀비틀 현관 앞쪽으로 돌아왔다. 그때 밀리가 도시에서 온 오빠의 몸놀림에 대해 깐죽거리며 한마디했다. 그러자 로버트는 순식간에 매미 한 마리를 잡아 손가락 사이에 붙잡고는, 복수의 화신으로 돌변해 그녀에게 달려들었다. 밀리는 비명을 지르며 골목길로 도망쳤고, 로버트는 그 뒤를 바짝 쫓았다. 그녀는 무려 사백 미터를 달려 도망친 끝에야 돌아와, '도시 신사' 오빠에게 싹싹 빌었다. 하지만 로버트를 사로잡은 '시골의 광기'는 좀처럼 가라앉을 기미가 보이지 않았다.

"너같이 느릿느릿한 촌놈들은 한 트럭이 와도 너끈히 상대해주지!" 로버트가 어깨를 으쓱이며 외쳤다. "불도그든, 일꾼이든, 통나무 굴리는 놈이든 전부 데려와! 다 받아주겠어!"

그는 잔디밭 위에서 손으로 재주를 넘으며 "야호!" 하고 외쳤고, 뒤뜰로 달려가 흑인 하인 마이크를 데려왔다. 마이크는 낡아 빠진 밴조를 들고 있었는데, 로버트는 현관 마루에 모래를 뿌리더니, 그 위에서 '빵 바구니 속의 병아리'라는 노래에 맞춰 춤을 추기 시작했다. 이어서 탭댄스 스텝까지 펼치며, 놀라운 기량으로 무려 삼십 분 넘게 광란의 춤판을 벌였다.

그는 믿기 어려울 만큼 시끄럽고 떠들썩한 짓을 마구 해댔다. 노래를 부르고, 우스갯소리를 늘어놓아 모두가 배를 잡고 웃게 만들었으며, 촌뜨기 역을 완벽히 소화하면서 정겨운 시골 양치기 바보처럼 행동했다. 그는 말 그대로 미쳐 있었다. 뼛속 깊이 새겨진 옛 기억이 그의 몸과 마음을 완전히 지배하고 있었다.

심지어 어머니가 조용히 타이르려 할 정도로 흥분은 도를 넘고 있었다. 그 순간, 앨리샤도 마치 무언가 말하려는 듯 몸을 살짝 움직였지만, 끝내 입을 열지는 않았다. 그녀는 그 모든 시간 내내, 마치 가늘고 창백한 영혼처럼 어스름 속에 조용히 앉아 있었다. 아무도 그녀를 헤아릴 수 없었고, 감히 말을 걸 수도 없었다.

잠시 뒤, 앨리샤는 피곤하다며 조용히 일어나 방으로 올라가도 되겠느냐고 물었다. 그녀는 로버트 곁을 지나 위층으로 향했다. 로버트는 문간에 서 있었다. 머리는 헝클어지고, 얼굴은 벌겋게 달아올랐으며, 옷차림은 도무지 봐줄 수 없을 만큼 엉망이었다. 그 모습은 한낱 코미디 속 광대에 가까웠다. 워싱턴스퀘어의 로버트 웜슬리, 사교계의 꽃이자 클럽의 총아였던 완벽한 도시 신사의 모습은 그 어디에도 없었다.

그는 부엌 도구 몇 개를 들고 마술 흉내를 내고 있었고, 이제는 가족 모두가 그를 완전히 받아들여, 우러러보듯 웃음을 터뜨리며 바라보고 있었다.

앨리샤가 그의 옆을 지날 때, 로버트는 놀라듯 몸을 움찔했다. 그 순간까지 그녀가 그 자리에 있었다는 사실을 잊고 있었던 것이다. 그녀는 그를 한 번도 돌아보지 않은 채 조용히 위층으로 올라갔다.

그 후로 웃음은 서서히 잦아들었다. 사람들은 담소를 나누었고, 한 시간쯤 지나서 로버트도 드디어 조용히 위로 올라갔다.

그가 방에 들어섰을 때 앨리샤는 창가에 서 있었다. 아까 입고 있던 옷 그대로였다. 창밖에는 만개한 꽃을 가득 품은 커다란 사과나무가 창문에 기대듯 서 있었다.

로버트는 한숨을 내쉬며 그녀 곁으로 다가갔다. 그는 자신의 운명을 받아들일 준비가 되어 있었다. 저 새하얀 형상을 한 정의의 여신이 내릴 판결을 예감하며, 숨길 수 없는 천박함을 드러낸 자로서 그녀의 판결을 기다렸다. 반 더 풀 가문이 그어놓은 엄격한 잣대를 그는 알고 있었다. 그는 골짜기에서 추태를 부린 시골 촌부에 불과했고, 차갑고 순결

하며 단 한 번도 녹은 적 없는 매터호른의 정상은 그를 경멸할 수밖에 없었다.

그의 행동은 그를 스스로 발가벗겼다. 도시가 입혀준 세련됨과 균형, 예법 따위는 한 줄기 시골 바람에 날아간 헐렁한 망토에 불과했다. 그는 무겁게 다가올 책망을 기다렸다.

그때, 심판자의 목소리가 조용하고 냉정하게 들려왔다.

"로버트, 난 신사를 남편으로 맞았다고 생각했어요."

'그래, 시작이구나.' 그는 이렇게 생각했다. 그럼에도 그의 시선은 자꾸만 사과나무 가지에 머물렀다. 어릴 적 이 창문 밖으로 나가 기어오르곤 했던 바로 그 가지였다. 지금도 올라갈 수 있을까? 꽃은 몇 송이나 피었을까. 천만 송이쯤? 그런 생각에 잠겨 있던 찰나, 다시 목소리가 들려왔다.

"난 신사를 남편으로 맞았다고 생각했어요. 그런데…."

그녀는 왜 이토록 그의 곁에 가까이 다가와 있는 걸까?

"그런데 난, 더 멋진 사람과 결혼을 했더라고요. 신사가 아니라, 그냥 한 남자와요. 밥, 여보… 나 좀 안아줄래요?"

도시는 이제 정말 멀리 있었다.

저 너머 어딘가

Out There

수잔 글래스펠(Susan Glaspell, 1876~1948)

미국 아이오와 출신. 사회 정의, 젠더 문제, 여성의 연대를 주제로 한 작품들로 주목받은 미국 현대 희곡의 선구자다. 여러 단편소설과 희곡《트리플스》등에서 여성의 시선으로 가부장적 사회의 불평등과 침묵 속 저항을 섬세하게 그려냈다. 1931년《앨리슨의 집》으로 퓰리처상을 수상하며, 영향력 있는 여성 극작가로 평가받는다.

―

노인은 그림을 눈앞에 들고서 감탄 섞인 불만의 눈길로 쳐다보며 투덜거렸다.

"이 길을 지나는 사람들 중에서 이걸 살 만한 사람이 있을 리 없어. 가게가 망할 때까지 저 자리에서 먼지나 쌓이겠지."

사실 그 그림은 가게의 다른 물건들과는 어딘가 어울리지 않았다. 자신의 물건을 정리하고 있다고 떠들던 한 청년이 노인에게 헐값에 넘긴 그림이었다.

이곳은 골목 끝자락에 자리한 자그마한 가게로, 주로 그림 액자를 만들어 팔아 근근이 먹고사는 곳이었다. 노인은 천천히 가게 안을 둘러보았다. 도시 풍경 사진, 고양이와 강아지 그림, 화려한 젊은 여인의 초상, 색감이 강렬한 풍경화 등이 있었다.

"여긴 어울릴 데가 아니야. 내가 국회에 앉아 있는 것만큼이나 안 어울리지."

노인은 툴툴거리면서도 속으로는 그 그림이 몹시 자랑스러웠다. 순간 그는 소박한 상점의 주인이 아닌, 예술의 후원자가 된 듯한 기분에 잠겼다. 그림을 어디에 두면 덜 우스꽝스러울까 고민하며 이마를 찌푸린 채 가게 안을 거닐던 그의 모습에는 말없이 배어나오는 어떤 품위가 있었다.

그 그림을 굳이 말로 옮기는 건 예의가 아니다. 언어로 옮기는 순간, 그림은 깊이를 잃고 값싼 석판화처럼 퇴색해버릴 것이다. 그림 속에는 소나무 숲이 펼쳐져 있었고, 그 사이로 작은 산골짜기의 물줄기가 활기차게 흘러내리고 있었다. 값싼 크로모 인쇄물*이든 이른바 예술 작품이든, 비슷한 풍경을 그릴 수는 있다. 하지만 진짜 차이는 그걸 '어떻게' 그려냈느냐에 달려 있다.

'중요한 건 눈에 보이는 것보다, 너머에 뭐가 있을지 상상하게 만드는 거지.'

노인은 그림에 앉은 먼지를 털며 그렇게 생각했다.

'이 액자는 고작 일 미터밖에 안 되지만, 저 나무들은 수백 킬로미터쯤 이어져 있을 것 같아. 왠지 저긴 숲 한가운데 같단 말이지. 저곳은 틀림없이 시원할 거야. 나도 저기에 있었으면 좋겠군. 시카고에서 겪는 이 지독한 더위는 없을 테니 말이야. 저기에서는 누구든 자신의 영혼을 온전히 느낄

---

* **크로모 인쇄물** 19세기 유럽에서 유행한 다색 석판 인쇄물. 값이 싸고 화려해 동화책과 종교 그림 등에 널리 쓰였다.

수 있을 것 같아.'

그는 쇼윈도에 이 그림을 걸 자리를 만들기 위해 링컨파크 풍경 사진과 통통하게 살 오른 큐피드 그림을 치우기 시작했다. 잠시 밖으로 나가 유리창 너머를 바라보더니 곧 단호히 고개를 저으며 성큼 안으로 들어와, 남겨두었던 열정적인 청춘 남녀, 과일과 꽃, 생선 그림들까지 모조리 내려버렸다. 어쩌면 이 그림을 더 돋보이게 해줄지도 모른다는 기대에서 잠시 함께 둔 것들이었다. 그러나 곧 분명해졌다. 이 그림은 어떤 장치도 필요 없었다.

"어차피⋯." 그는 온 가게의 운명을 이 그림 하나에 거는 자신을 변호하듯 중얼거렸다.

"다른 그림들은 치우는 게 나아. 이 그림 옆에 두면 전부 생기 없어 보여. 그러면 누가 사겠어."

그는 다시 그림들을 액자에 끼웠다. 품위를 아는 사람만이 지닐 수 있는, 조용하고 단정한 태도로. 그가 가게 앞으로 돌아왔을 때, 안에서 째깍거리던 작은 시계는 오후 여섯 시 십오 분을 가리키고 있었다. 문을 닫을 시간이었지만, 그는 곧장 닫지 않고 잠시 그 자리에 멈춰 섰다.

근처 업무 지구에서 서쪽 하숙집 거리로 향하는 퇴근 인파가 그의 눈앞을 지나갔다. 둘, 셋, 넷씩 무리를 지어 걷는 사람들. 시끄럽고 지친 얼굴들, 들뜨거나 풀이 죽은 표정들. 즐거움과 피로, 체념과 저항이 뒤섞인 복잡한 삶의 풍경이 조용히 흘러갔다.

"저들 중에 누가 이 그림을 살 수나 있을까?"

그는 단호히 말하고는 경멸을 담아 낮게 덧붙였다.

"아니, 사고 싶어 하기나 할까?"

그때 젊은 여자가 혼자 그 길을 따라 걸어오고 있었다. 그는 그녀가 길을 건너 가게 쪽으로 다가오는 모습을 가만히 지켜보았다. 가난해 보이는 젊은 여자가 지친 걸음으로 다가오는 모습이 안쓰러웠다. 옷차림은 거리의 다른 사람들과 크게 다르지 않았다. 평범하고 눈에 띄지 않는 차림새였지만 어쩐지 그녀는 달라 보였다. 마치 그 그림처럼, 흔한 크로모 인쇄물과는 분명히 다른, 어딘가 특별한 결을 지닌 사람 같았다.

여자는 무심히 쇼윈도를 힐끗 바라보다가 문득 걸음을 멈췄다. 그 순간 그녀의 분위기가 완전히 달라졌다.

노인은 훗날 그때를 떠올리며 말했다.

"꼭…. 오랫동안 헤어졌던 친구를 만난 사람 같았어. 착각일까 봐, 차마 먼저 말을 꺼내지 못하는… 그런 순간 말이지."

정말 그녀는 말을 꺼내는 게 두려운 사람처럼 보였다. 믿어도 되는지 망설이는 얼굴이었다. 그녀는 잠시 인도 한복판에 멈춰 서서 그 그림을 뚫어지게 바라보았다. 그리고 창쪽으로 다가올 때는 스스로 걸어온다기보다 무언가에 이끌린 듯했다. 실은 몸을 피하고 싶었던 것 같았지만, 그녀는 멈추지 않았다. 다가갈 수 있는 만큼 더 가까이 다가갔다. 두 눈은 단 한순간도 그림에서 떨어지지 않았다.

그러다 마침내, 그녀의 얼굴을 굳게 만들었던 감정이 서서히 누그러지기 시작했다. 두려움인지 경외심인지 알 수 없었던 감성이 불러나고 그 자리에 경이로움이 들어섰다. 기쁨을 향해 마음을 여는 듯한, 조심스럽지만 분명한 경이로움이었다. 그녀는 그림을 위아래로 훑어보며, 믿기지 않는 무언가를 확인하려는 사람처럼 눈을 비볐다. 그리고 마침내 그 모든 감정은 환희로 바뀌었고, 그 환희는 그녀의 창백한 얼굴을 환하게 밝혔다.

노인은 훗날 그 장면을 떠올리며 말했다.

"글쎄… 뭐라 형용할 수가 없더라고. 세상에 그런 얼굴빛은 처음 봤어. 저 앞에서 소방차들이 달려들었어도, 알아차리지 못했을 거야."

바로 그때, 그녀가 숨을 길게 들이마시며 가슴을 펴 올렸다.

"거 봐." 그는 흐뭇하게 웃으며 속삭였다.

"이 그림에서 냄새가 난다는 걸 아는 거야."

그녀는 문 쪽을 바라보다가 이내 고개를 저었다.

"자기 돈으론 살 수 없다는 걸 아는 거지."

그는 그녀의 몸짓을 이렇게 해석했다. 곧 그녀는 한 걸음 뒤로 물러나 문 위의 번지수를 확인했다.

"다시 오겠다는 뜻이야. 이곳을 놓칠 수 없다는 거지."

그녀는 한참 동안 그 자리에 서 있었다. 그림 앞을 떠나지 않는 모습은 이상하리만치 조용했고 깊었다. 그는 그녀를 도무지 이해할 수 없었다.

"어떻게 사람이 그림 앞에서 저렇게까지 될 수 있지?"

하지만 어쩌면 그는 자신이 생각한 것보다 훨씬 많은 걸 알고 있었는지도 모른다. 어느 순간에는 눈물에 가려 그녀의 모습이 흐릿하게 보이기도 했다.

그날 밤, 그는 가게 문을 닫으며 그녀가 그림에서 눈을 떼고 돌아설 때의 표정을 떠올렸다. 이상하게도, 그녀가 그 그림 값을 감당할 수 없다는 사실에 전혀 우울하지 않았다.

다음 날에도 그는 온종일 그녀 생각에 잠겨 있었다. 여느 때처럼 여섯 시가 가까워지자, 그는 앞 창가 가까이에 자리를 잡았다. 퇴근 인파가 거리를 따라 밀려들기 시작했다.

"내가 노망났지 뭐야."

기다리고 있는 자신이 한심하게 느껴져, 그가 투덜거리듯 중얼거렸다.

"오든 말든 무슨 상관이람. 어차피 살 수 없는 형편일 텐데. 바보같이 사지도 못할 걸 왜 그렇게 좋아하나 몰라. 하지만 진짜 바보는 그런 걸 신경 쓰는 나일 테지."

바로 그때 그녀가 여학생 무리를 잽싸게 지나 길을 건넜다. 빠른 걸음, 초조한 얼굴, 흥분한 기색이 역력했다.

"없어졌을까 봐 겁이 났군."

그가 나식이 중얼거리며 쓴웃음을 지었다.

"걱정할 것 하나 없어. 이 그림이 팔릴 일은 없으니까."

그녀는 마치 누군가 성당 안으로 들어설 때처럼 조심스럽게 그림 앞으로 다가왔다. 하지만 그녀의 얼굴에 떠오른 기쁨은 성당에서 볼 수 있는 차분한 표정과는 사뭇 달랐다.

"어떤 거랑 비슷하냐면 말이지…. 사막을 헤매던 사람이 갑자기 샘물을 발견한 거야. 갈증에 타들어가던 사람이 물을 본 거지. 지금 그걸 꿀꺽꿀꺽 들이키는 중이야. 아무리 마셔도 부족한 거야. 이건, 생명의 물 같은 거라니까."

그제야 자신이 시에나 나올 법한 말을 했다는 사실에 민망해했다. 그는 어깨를 거칠게 움츠리며 그런 감상은 나이 든 사내에게 어울리지 않는다며 애써 털어냈다. 그리고 가게 문 앞으로 나가 그녀가 멀어져 가는 뒷모습을 바라보았다.

"오십 킬로도 안 나가겠지."

혼잣말하듯 중얼거렸다.

"바람 좀 세게 불면 날아갈지도 모르겠네."

그녀는 몸을 약간 웅크린 채 천천히 걸어갔다. 시야에서 사라지기 직전, 그는 그녀가 가볍게 기침을 하는 모습을 보았다. 그리고 스스로 꽤나 통찰력이 있다고 여길 만한 결론에 도달했다.

"저런 데 가본 적이 있는 거야. 그래서 다시 가고 싶은 거지. 이 그림을 보면 잠시나마 거길 다녀온 기분이 드는 거야. 그러고 나면 그리움이 조금은 가실 테지."

칠월 내내, 그는 저녁마다 소나무 그림 앞에서 그 여자를 기다렸다. 그녀는 언제나 똑같은 모습으로 나타났다. 불안하고 초조한 발걸음으로 거리를 건너오는 연약한 모습은 마치 열에 들뜬 사람처럼 보였다. 하지만 그 팽팽한 긴장은 언제나, 그림을 마주하는 순간 조용히 가라앉았다.

"올 때보다 갈 때가 좀 나아 보여."

노인은 어느 날 그렇게 중얼거리다 문득 생각했다.

"맙소사, 어쩌면 정말로 그곳에 다녀오는 걸지도 몰라."

그러다가 자신이 너무 깊이 감정에 빠졌다는 걸 깨닫고는 투덜거리며 한마디를 덧붙였다.

"젠장, 나도 모르겠다니까!"

이제 그는 그 그림을 '그녀의 그림'이라고 불렀다.

어느 날, 오후 여섯 시 십 분 전이 되자 그는 그 그림을 창에서 꺼내며 중얼거렸다.

"좀 치사한 짓이긴 한데, 이 그림을 얼마나 좋아하는지 한번 알아보고 싶단 말이지."

그리고 그는 마침내 알게 되었다. 신이 이 세상에 살도록 허락한 수많은 비열한 인간들 가운데, 사신이 가장 비열한 존재라는 사실을.

그날도 여자는 늘 그렇듯 급하고 초조한 발걸음으로 다가왔다. 그리고 텅 빈 창문을 본 순간, 그는 그녀가 그대로 인도에 주저앉을지도 모른다고 생각했다.

그의 짐작이 맞았다. 그녀 안의 무언가가 무너져내린 게 분명했다. 오랫동안 무언가에 기대어 힘을 얻다가, 그 버팀목이 한순간에 무너져버린 사람처럼. 그 빛나던 얼굴빛은 흔적도 없이 사라졌고, 남은 것은 참담한 현실뿐이었다. 그녀는 금방이라도 울음을 터뜨릴 듯한 얼굴이었다.

"이런 젠장…"

노인은 분노에 가까운 목소리로 중얼거렸다.

그녀는 소란스럽고 먼지 낀 거리를 이리저리 둘러보고는 믿을 수 없다는 듯 창문을 바라보았다. 잠시 그 자리에 가만히 서 있었다. 그리고 마침내 무언가를 체념한 사람처럼 몸을 돌려 천천히 걸어가기 시작했다. 그 모습은 너무 지쳐 있었고, 자주 실망해본 사람의 걸음이었다.

노인은 손이 떨리지 않도록 애써 마음을 가라앉히며, 서둘러 그림을 다시 걸었다. 내내 자신을 향해 퍼붓듯 중얼거렸다.

"쥐를 갖고 노는 고양이보다, 개한테서 뼈다귀를 빼앗거나 아이의 장난감을 걷어차는 놈보다도 못한 인간이지. 목말라 죽어가는 사람한테서 물 한 잔 빼앗는 짐승과 다를 게 없어, 내가."

그는 혹시 그녀가 다시 돌아올까, 저녁 일곱 시가 가까워질 때까지 가게 앞을 떠나지 않았다. 앞쪽 커튼을 내렸다가 다시 걷는 일이 꼭 필요한 것처럼 행동하면서 말이다.

다음 날, 그는 하루 종일 안절부절못했고, 괜히 짜증이 났다. 전날 자신이 저지른 비열한 짓을 조금이나마 갚으려는 마음에서였을까. 그는 오후 내내 '그녀의 그림' 뒤를 장식할 배경을 고르느라 꼬박 한 시간을 썼다.

그러면서 혼잣말을 했다.

"그녀는 이렇게 생각하겠지. 그림을 치운 건 이걸 준비하려고 그런 거구나. 다시 사라지지는 않을 거야. 이건… 이 그림이 여기 오래 있을 거라는 작은 신호야."

그날, 그는 오후 다섯 시 반부터 그녀를 기다리기 시작했다. 십오 분쯤 지났을 때, 문득 이런 생각이 들었다. 혹시 너무 낙심한 나머지 이제는 다른 길로 가버릴지도 모른다는. 그 생각은 점점 굳어졌고, 그는 점점 더 우울해졌다. 그러다 마침내 그녀가 길 건너편에 모습을 드러내자 그는 믿기지 않을 만큼 기뻤다.

하지만 그녀는 예전처럼 무언가를 향해 걷는 모습이 아니었다. 작은 열기가 사라진 것 같은 얼굴로 무심히 발걸음을 옮기고 있었다. 평소처럼 길을 건너던 자리에 이르러 멈춰 섰고, 한참을 망설이다가 이전보다 더 느린 걸음으로, 축 처진 어깨를 하고 다시 걷기 시작했다. 그녀는 포기한 것이었다. 이제 더는 그림 앞까지 오지 않으려는 듯했다. 하지만 그녀는 몇 걸음쯤 더 가다 주춤하더니 결국 돌아왔다.

"그래야지."

노인이 흐뭇하게 중얼거렸다.

처음엔 그녀가 가게를 지나칠 듯, 일부러 창을 보지 않으려는 듯 걸어왔다. 하지만 고개를 돌려 마침내 그림을 바라보았다. 순간, 온몸이 굳는 듯하더니 이내 어떤 감정 — 노인이 보기엔 울음에 가까운 그것 — 이 그녀를 흔들었다. 그녀는 천천히 그림 쪽으로 다가왔다. 창백하고 지친 얼굴 위로 눈물이 흘러내렸다.

노인은 그녀의 뒷모습을 향해 다정하게 속삭였다.

"걱정 마렴. 이 그림은 다시는 사라지지 않을 거야."

그리고 바로 다음 주, 그는 진짜 시험대에 올랐다.

이 거리엔 좀처럼 발을 들일 것 같지 않은 한 부인이 가게에 들어와, 창문에 걸린 그림을 보여달라고 했다. 노인은 순간 경계하는 눈빛으로 그녀를 바라보았다. 손을 더듬으며 주저하는 동안, 그의 얼굴에는 어두운 그늘이 드리워졌다. 그녀의 그림인데! 그녀가 알면 뭐라고 생각할까? 도대체 어떻게 해야 할까? 그런데 그때 회심의 미소가 그의 얼굴에 번졌다. 그는 창가로 다가가 그림을 꺼내 들었다.

"이 그림의 가격은 사십 달러입니다, 부인."

잔뜩 거드름을 피우며 말했다. 속으로는 생각했다. 이걸로 물러가겠지. 하지만 부인은 아무 말 없이 그림을 한참을 바라보더니 조용히 말했다.

"살게요."

그는 멍하니 그녀를 바라보았다. 사십 달러! 그렇다면, 이 그림은 처음 그 청년이 알았던 것보다 훨씬 더 뛰어난 작품이었던 셈이다.

"포장해 주시겠어요? 가지고 갈게요."

부인이 말했다.

그는 가게 뒤편으로 들어갔다. 사십 달러. 그 숫자가 멍하니 머릿속을 맴돌았다. 집세는 올랐고, 신문에서는 이번 겨울 석탄값이 뛸 거라 했고, 이 모든 현실이 그 금액과 엮여 밀려들었다.

사십 달러. 그 숫자가 망치처럼 그의 머리를 내리쳤다. 압도당했고 감당하기엔 너무 컸다. 그는 무표정하게 포장지를 꺼내 들었다. 담담한 얼굴로 포장을 시작했지만, 어딘가 이상했다. 종이가 제대로 감기지 않았다. 세 번이나 다시 벗겨야 했다.

그럴 때마다 그는 어쩔 수 없이 그림 속 소나무 숲을 내려다보았다. 이상하게도, 그림이 조금씩 더 깊이 열리는 듯 보였다. 볼수록 그림이 점점 커졌다. 사십 달러보다 훨씬 더 큰 무언가처럼 느껴졌다. 그림은 마치 무언가를 알고 있는 듯했다. 석탄이나 집세보다 훨씬 더 중요한 것들을.

그리고 그때, 가장 이상한 일이 일어났다. 숲이 제 그림자 속으로 스르르 스며들듯 사라지더니, 그 자리를 대신한 건 소란스럽게 붐비며 뜨거운 햇볕에 바싹 마른 거리였다. 그리고 그 거리 건너편엔 안절부절못한 채 급하게 걸어오는 여자가 있었다. 연약하고 작은 존재, 애초에 그렇게 뜨겁고 시끄러운 거리를 건너선 안 될 사람이었다. 그러다 지친 눈에 불이 켜졌고, 메마른 얼굴에 미소가 번졌다. 마치 시원한 바람결이 스쳐간 듯 안도의 기색이 얼굴을 감쌌다.

그 순간 그는 갑자기 그 부인이 미워졌다. 더욱 미워진 건 자기 자신이었다. 그건 누가 뭐래도 '그녀의 그림'이었다.

그는 단호한 걸음으로 부인에게 되돌아가 말했다.

"제가 깜빡했어요. 이 그림은 다른 사람 겁니다."

부인은 놀란 눈으로 그를 바라보며 조용히 말했다.

"무슨 말씀이신지 모르겠네요."

"모르셔도 됩니다. 그림 주인이 따로 있다는 것만 아시면 됩니다."

부인은 몸을 돌렸다가, 다시 돌아서며 차분하게 말했다.

"오십 달러 드릴게요."

"부인! 오백 달러를 준다 해도 마찬가집니다. 이 그림은 팔 수 없어요. 아시겠어요?"

그가 힘주어 말했다.

"네, 잘 알겠어요."

부인은 조용히 가게를 나갔다.

그는 한동안 가만히 서 있었다. 하지만 속에서 끓어오르는 감정이 좀처럼 가라앉지 않았다.

"이건 그녀 거라고. 정말, 그녀만을 위한 그림이야."

그는 새파란 미시간호 풍경을 액자에 끼우며 언짢은 말투로 내뱉었다.

"또 누가 와서 엉뚱한 소릴 해도, 소용없어."

며칠 동안 그는 몇 번이고 밖으로 나가 그녀에게 말을 걸어볼까 고민했다. 하지만 그에겐 어쩌면, 어떤 것은 조용히 지켜보기만 해야 한다는 본능적인 자제심 같은 것이 있었던 모양이다. 한번은 그녀에게 그 그림이 당신 거라고 말할 계획도 세웠다. 하지만 막상 입 밖으로 꺼내기 전부터 그 말이 어리석게 느껴졌다. 그녀는 이미 알고 있는 듯했기 때문이다.

그는 그녀의 기침이 점점 심해지는 것 같아 마음이 쓰였다. 그래서 날이 추워지면, 가게 안으로 들여 편히 그림을 보게 해주어야겠다고, 조용히 마음속으로 생각해두었다.

그는 자신이 그녀에 대해 잘 알고 있다고 느꼈다. 이름도 모르고, 그녀가 말하는 목소리를 단 한 번도 들은 적 없지만, 세상 누구보다도 그녀와 가까운 사이라고 믿었다. 하지만 그가 정말로 그녀의 사정을 정확히 알았더라면, 그녀가 평생 한 번도 소나무 숲이나 산을 본 적이 없다는 사실을 알게 되었다면, 그는 어쩌면 잠시 멍해졌을 테고, 혹은 조용히 실망했을지도 모른다.

실제로 그 조용한 여자에 대해선, 이 노인은 물론이고 세상 대부분의 모든 이들이 끝내 이해하지 못할 부분이 많았다. 그녀의 외모는 특별히 눈에 띄지 않았다. 그녀의 삶을 이야기하자면, 이 도시 어딘가에 살고 있는 수백 명쯤 되는 다른 여자들의 삶과 크게 다르지 않게 들렸을 것이다.

누군가 그녀에 대해 물었다면, 한 토지 회사에서 타이피스트로 일한다는 것, 가족은 따로 없어 보인다는 것, 그리고 큰 하숙집에서 지낸다는 것 정도만 알 수 있었을 것이다.

하숙집 사람들은 아마 이렇게 말했을 것이다. 그 애는 참 착하고, 너무 조용해서 쥐 한 마리 지나가는 정도의 소리도 내지 않았으며, 어딘가 아픈 것 같아 괜히 마음이 쓰였다고. 이야기는 거기서 멈췄을 것이다. 그리고 그녀에게 정말로 중요한 것들은, 아무에게도 들키지 않은 채 조용히 남겨졌을 것이다.

그녀는 북서부의 대형 토지 회사 시카고 지사에서 일하고 있었다. 그 회사는 아이다호, 몬태나, 오리건, 워싱턴 주의 광활한 땅을 다루고 있었다. 그녀가 매일 타자기에 앉아 써 내려가는 글은 바로 그 거대한 땅의 경이로움에 관한 이야기였다. 끝없이 펼쳐진 삼림 지대, 깊은 골짜기와 부드러운 언덕, 하늘을 찌를 듯한 산봉우리들과 쉼 없이 흐르는 강물들. 그녀는 날마다 '홍보 문서'를 타자로 쳤다. 문서들은 이렇게 말하고 있었다. 그곳에 가기만 하면 누구에게나 새로운 시작이 열리며, 그 넓고도 고갈되지 않는 땅은 두 팔 벌려 사람들을 기다리고 있고, 찾아오는 이에게는 아낌없이 내어줄 준비가 되어 있다고.

그녀는 그렇게 써 내려갔다. 병든 이가 다시 건강을 되찾고, 가난한 이가 부자가 되며, 그 어떤 연약한 펜으로도 다 담아낼 수 없는 놀라운 땅에 대해.

삶의 거의 모든 것이 어긋나 버린 이 여자는, '저 너머' 어딘가에 있는 그 땅을, 모든 것이 제대로 되어 있는 곳이라 믿게 되었다. 그곳은 피로도 없고, 외로움도 없는 먼 나라였다. 아침이면 가볍게 눈을 뜰 수 있고, 밤이면 편히 잠들 수 있는 곳. 전차의 종소리는 그리 요란하지 않고, 신문팔이 소년들의 외침은 다정하며, 고가 철도는 아예 존재하지 않았다. 매연도 먼지도 없는 맑고 높은 고장이었고, 깊은 고요 속에서 저절로 마음의 평화를 얻는 곳이었다. 옆방 사람들이 밤늦게 들어와 물건을 쾅쾅 내려놓는 일 같은 것도 없었다. '저 너머'의 땅은 건물과 건물 사이가 널찍하고, 거리에는 여유가 있으며, 공기조차 느긋하게 흐르는 세상이었다. 그곳에서는 말조차 지치지 않았다.

아, 꿈이 이루어지는 땅이었다. 누구도 말린 자두를 억지로 먹지 않고, 고깃국물은 절대 느끼하지 않으며, 감자는 한 번도 태워본 적 없는 아름다운 나라. 꽃과 새, 다정한 사람들이 있는 땅. 풍요와 건강, 웃음이 가득한 곳이었다.

그녀의 상상은 자신이 날마다 타자로 쳐내는 모든 문장들을 재료 삼아 살아 움직였다. 그녀는 사람들이 아이다호의 사막을 어떻게 되살려내고 있는지, 미지의 땅속에 얼마나 거대한 자원이 잠들어 있는지를 알고 있었다.

그녀는 '관개'라는 말 속에 깃든 시적 감흥에 전율했다. 무덥고 지치고 먼지 가득한 날이면, 그녀의 마음은 어느 산골짜기의 작은 시냇물을 따라 흐르곤 했다. 구름 위 높은 곳에서 태어난 물줄기가 향긋한 숲속을 지나 흘러내리고, 차가운 바위를 따라 튀듯이 흘러가다, 마침내 강인하고 대담하며 지혜로운 이들이 그 물을 사막으로 이끈다. 오랜 세월 그

물을 갈망해온 사막은 마침내 기꺼이, 곡식과 꽃으로 풍요로운 미소를 지으며 응답한다.

그녀는 그 이야기를 어떤 책 속 이야기보다도 더 생생하게 그려낼 수 있었다. 오리건의 소나무 숲을 떠올릴 때면, 그녀는 언제나 숨이 조금 더 깊고 편안하게 쉬어지는 기분이 들었다. 그 숲에는 생각만으로도 마음을 풀어주고 한없이 넓혀주는 무언가가 깃들어 있었다.

그녀는 그 숲을 상상하며 시원한 꿈을 꾸었다. 상상력이 닿을 수 있는 거리보다 훨씬 멀리까지 뻗은 듯한 숲, 거대한 침묵과 존재감을 온몸으로 느끼며 고요히 서 있는 숲. 그녀에게 그 숲은 아름다운 꿈을 상징했다. 넉넉한 공간, 모두가 들어가고도 남을 만큼 너른 세계. 그 숲을 향해 마음을 기울일 때면, 그녀의 이해조차 한결 넓어지는 듯했다.

그녀는 태평양의 소리를 듣는 것을 사랑했다. 그 바다는 이해할 수 없는 거리와 알 수 없는 나라들로부터 밀려와, 때로는 거칠게 오리건의 해안에 부딪히고, 때로는 조용히 워싱턴의 항구로 스며들었다.

그녀는 포틀랜드, 시애틀, 스포캔, 터코마 같은 도시들로 편지를 보내는 것도 좋아했다. 기회와 아름다움이 진하게 살아 숨 쉬는 도시들. 그중에서도 특히 시애틀을 상상하는 걸 좋아했다. 언덕 위에 세워진 도시라니, 그 사실 하나만으로도 얼마나 근사한가. 시카고에는 언덕이라고 부를 만한 게 단 하나도 없으니까. 그녀는 눈을 감고, 포틀랜드에서 보인다는 그 거대한 산봉우리를 떠올리는 것도 좋아했다. 도시 안에서 산봉우리를 바라볼 수 있다니, 얼마나 고귀한 풍경인가.

때때로 그녀는 그 산을 떠올리는 순간, 자신도 모르게 몸을 떨었다. 너무 지쳐서 자신이 무엇을 하고 있는지도 모를 때면, 문득 산을 향해 기도하고 있는 자신을 발견하곤 했다. 정말이지, '저 너머'는 기도를 보내기에 가장 어울리는 곳처럼 느껴졌다. 왜냐하면 그곳은, 분명히, 기도가 닿는 땅이니까.

그 여름, 서부 지역은 관광객들로 북적였다. 사람들은 붐비는 열차부터 해산물이 나오는 방식까지, 모든 것에 불평을 쏟아냈다. 하지만 바로 그 무렵, 이 작고 연약한 여자는 시카고의 무더운 사무실 건물 한편에 앉아, 멀리 떨어진 그 땅으로부터 조용히 영감을 끌어오고 있었다.

수천 명이 컬럼비아 강을 따라 풀먼 열차를 타고 달렸지만, 그들은 그 풍경을 보고도 아무것도 느끼지 못했다. 반면 그녀는 붐비고 시끄러운 사무실 안, 타자기 앞에 앉아 시원하게 흐르는 물소리를 상상했고, 소나무들이 전해주는 해방의 메시지를 조용히, 온몸으로 받아들였다. 어떤 순간에는 지금의 현실을 벗어나 자신이 그리는 세계로 올라선 듯한 벅찬 감정에 휩싸였다.

무더운 날씨는 그녀의 약한 체력을 조금씩 앗아갔고, 타자기로 몸을 숙인 자세는 이미 답답한 가슴을 더욱 조이게 했다. 그럴수록 그녀는 '저 너머'의 광활함과 아름다움, 그리고 그 안에 깃든 고요함에 더 깊이 매달렸다.

그 땅은 성발이지 그녀에게 다정한 곳이었다. 깊게 숨 쉴 수 있게 해주었고, 생기를 불어넣는 바람이 있는 곳이었다. 그곳은 단 한 번도 그녀를 밀어낸 적이 없었다. 오히려 언제나 그녀의 상상이 닿을 수 있는 범위보다 더 크고 따뜻하며, 더 아름다운 모습으로 그 자리에 있어 주었다.

그리고 그녀가 그 그림을 발견했던 그날 밤, 마침내 모든 것이 정말로 존재한다는 걸 알게 되었다. 그래서 그 밤은 그녀에게 너무나 중요한, 결정적인 순간이 되었다. 그 그림은 단순한 풍경이 아니었다. 그것은 눈앞에 형상화된 꿈이었고, 꿈꾸는 사람의 믿음이 틀리지 않았음을 조용히 증명해 주는 것이었다.

물론 사무실에도 그림은 있었다. 바로 그런 풍경을 담아내려 애쓰는 이미지들. 하지만 그것들은 어디까지나 그림일 뿐이었다. 하지만 그 그림은 달랐다. 그것은 하나의 증명이었고, 어떤 설명 없이도 그 의미를 고요히 전해주는 무엇이었다. 그녀는 그림이 지금껏 자신이 옳았다는 것을 말해준다고 느꼈고, 그 사실을 이미 알고 있었다는 깨달음에서 기쁨이 피어났다.

그녀는 그 그림을 마음속에 붙들었다. 마치 오랫동안 품어온 어떤 소중한 것이 실재한다는 것을 증명해주는 무언가를 끌어안듯 그 그림을 진심으로 사랑하게 되었다. 마치 꿈꾸는 이가 자신의 꿈을 지켜주는 그것을 사랑하듯이.

그녀는 점점 그 그림을 자신만의 안식처로 여기게 되었다. 상상의 날개를 펼치기도 힘들 만큼 지친 날이면, 조용히, 깊고 서늘한 소나무 숲 그늘 아래로 스며들듯 내려앉았다. 그곳이 주는 평온에 조용히 몸을 맡겼다.

그녀는 가끔 사무실의 누구도 이 사실을 모른다는 생각에 혼자 웃음이 났다. 만약 그들이 알게 된다면 어떤 반응을 보일까, 상상해보기도 했다. 가끔은 누군가가 이상한 눈빛으로 자신을 바라보는 것을 느낄 때도 있었다. 그녀는 그 이유가 뭘까, 하고 잠시 생각하곤 했다.

그러던 어느 날, 오스본 씨가 그녀를 불렀다. 그는 어딘가 낯설고 이상한 태도를 보였다. 그녀가 들어가 그의 책상 가까이에 앉자, 그는 의자를 획 돌려 그녀에게 등을 보인 채 앉아 있었다. 잠시 그렇게 있다가, 조용히 일어나 창가로 걸어갔다.

수석 속기사가 그녀의 기침에 대해 불만을 제기한 것이었다. 수석 속기사는 그녀에게도, 다른 직원들에게도 이 상황은 옳지 않다고 말했다. 언급하고 싶진 않았지만 더는 참을 수 없어 말을 꺼냈다고 했다. 그 일이 바로 지난주였고, 오스본 씨는 그때부터 결정을 미뤄오고 있었다. 하지만 이제는 더 이상 미룰 수 없었다. 수석 속기사는 중요한 인재였고, 무엇보다 그녀의 말이 옳다는 것을 오스본 씨도 알고 있었기 때문이다.

그래서 그는 입을 열었다. 그 순간, 그가 생각해낼 수 있었던 말은 단 하나였다. 사무실에 약간의 변화가 있을 예정이라 당분간 책상 자리가 줄어들 것 같다고. 만약 괜찮다면, 타자기를 그녀의 집으로 보내줄 테니 그곳에서 일을 해줄 수 있겠느냐고 물었다. 그녀가 맡은 업무는 집에서도 충분히 처리할 수 있는 일이었기 때문이다.

그녀는 불안했다. 자기 방에 타자기 놓을 자리가 있을지 걱정되었고, 하루 종일 버티기엔 방 안의 공기가 충분할까 싶었다. 게다가 그녀는 이미 사무실에 애정을 느끼고 있었다. 홍보 문서들, 지도와 그림, 그리고 '저 너머'에서 막 돌아온 사람들이 가끔 다녀가는 풍경까지, 그 모든 것은 그녀와 현실을 잇는 유일한 연결고리였다. 그녀가 손으로 만질 수 있는, 드물게 닿을 수 있었던 세계였다.

하지만 그녀는 그 제안을 거절할 수 없었고, 아무 말 없이 받아들였다. 그녀가 의자를 밀고 자리에서 일어났을 때 그가 불쑥 물었다.

"이런, 혼자예요?"

"네, 저는… 아, 네."

"당신을 서부로 보내주면 어떻겠어요?"

그는 무턱대고 그렇게 말해버렸다.

그녀는 주저앉듯 다시 자리에 앉았다. 순간 얼굴에서 핏기가 사라졌고, 깊은 눈동자엔 놀라움과 두려움이 번졌다.

"오, 설마…."

"가고 싶지 않다는 건가요?"

"그게 아니라… 너무 멋질 것 같아서요."

그녀의 대답은 거의 속삭임에 가까웠다.

"정말 가고 싶은 건가요?"

그녀는 말없이 고개를 끄덕였다. 입술은 살짝 벌어져 있었고, 눈빛은 환하게 빛나고 있었다. 그는 문득 이런 생각이 들었다. 왜 지금까지 그녀가 이렇게 다르게, 어쩌면 묘하게 아름답기까지 하다는 걸 알아채지 못했을까.

"감기에 걸리신 것 같군요. 서부로 가면 훨씬 나을 거예요. 교통편을 알아보고, 그 지역에 당신에게 맞는 자리도 회사 사람들과 의논해 보겠습니다."

그녀는 조용히 의자에 등을 기대고 앉아, 그를 향해 미소 지었다. 그 미소 속의 어떤 무언가가 그로 하여금 갑자기 이렇게 말하게 했다.

"이제 됐어요. 가도 좋습니다. 타자기는 따로 보내드릴게요."

그녀는 마치 새로운 세계를 발견한 사람처럼 거리를 걸었다. 그녀를 돌아보는 이들도 여럿 있었다. 마침내 제 방으로 들어온 그녀는, 하나뿐인 작은 의자를 창가로 끌어당겨 골목 건너편의 벽돌담을 바라보며 앉았다. 하지만 그녀가 바라보고 있는 것은 좁은 골목이나 높이 솟은 담장이 아니었다. 그녀의 눈에는 급하게 흐르는 강물과 끝없이 이어지는 숲, 그리고 하늘 높이 솟은 산봉우리들이 들어와 있었다.

그녀는 의자 등받이에 몸을 기댔다. 호사스러운 몸짓은 아니었다. 그 의자는 겨우 등 중간쯤에 닿는, 작고 불편한 것이었다. 그러고는 벽돌담 너머, 저 먼 곳의 눈 덮인 산맥을 바라보았다. 하지만 그녀는 너무 지쳐 있었다. 이 거대한 생각, 이 놀라움은 그녀에게 너무도 벅찼다. 그 경이로움 자체가 그녀를 기진맥진하게 만들었다.

그녀는 침대에 누웠다. 얼굴은 밝게 빛났지만, 몸은 풀린 듯 나른했다. 그리고 곧 물소리가 들려왔다. 처음엔 누군가 욕조에 물을 받는 소리 같았지만, 이내 그것은 그녀의 숲속을 흐르는 작은 시냇물이 되었다. 이제 그녀는 울퉁불퉁한 침대 위에 누워 있는 것이 아니라, 소나무 아래로 스르르 가라앉고 있었다. 모든 것이 달콤하고, 조용하고, 시원했다. 그런데 끔찍한 일이 일어났다. 숲에 불이 난 것이다. 연기에 숨이 막히고, 불길이 온몸을 삼키는 듯한 고통이 엄습했다.

그녀는 깨어났다. 맞은편 건물에서 뿜어져 나온 연기가 방 안으로 밀려들고 있었고, 파리들이 윙윙대며 날아다녔으며, 얼굴과 손은 불에 그을린 듯 뜨거웠다.

그녀는 그 며칠 동안 거의 일을 하지 못했다. 인생 전체를 바꿔줄 무언가를 기다리며 예전처럼 일을 계속하는 건 쉽지 않았다. 꿈이 희망으로 바뀌는 그 긴장감은 오히려 그녀를 깊은 무기력 속으로 끌어당겼다. 의자는 타자기를 쓰기엔 불편했고, 연기는 끊임없이 방 안으로 스며들었다. 이상하게도 '저 너머'는 전보다 더 멀게 느껴졌다. 가끔은 아예 그곳으로 갈 수조차 없었다. 어쩌면 정말로 그곳에 가게 될 예정이기 때문이라고, 그녀는 생각했다.

그 주가 끝날 무렵, 그녀는 작업한 원고를 들고 사무실로 향했다. 엘리베이터에 들어서는 순간, 흥분으로 온몸에 힘이 빠지는 듯했다. 오스본 씨는 교통편을 준비해두었을까? 언제 떠나야 하는지를 말해줄까?

하시만 그녀는 오스본 씨를 만날 수 없었다. 그를 찾자, 직원은 무심하게 "지금 자리에 없다."고만 대답했다. 그녀는 혹시 자신에게 남긴 말이 있는지 묻고 싶었지만, 그 순간 전화벨이 울렸고, 이야기 중이던 남자는 전화를 받기 위해 돌아서버렸다. 예전에 그녀가 앉았던 자리에는 다른 누군가가 앉아 있었고, 사무실 안은 전혀 달라진 것이 없었다. 오스본 씨가 이야기했던 변화는 어디에도 보이지 않았다. 모두가 무척 바쁘고, 무관심해 보였다. 그리고 그제야 그녀는 자신의 턱이 떨리고 있다는 걸 느꼈다. 더는 그 자리에 머물 수 없었다. 그녀는 조용히 돌아섰다.

사무실을 나서는 순간, 이상한 감각이 그녀를 사로잡았

다. 마치 발밑의 땅이 조용히 떨리는 것 같았고, 당장 누군가에게 손을 내밀어 이 일을 수습해야 한다고 말해야만 할 것 같았다. 더는 오래 기다릴 수 없다고, 그대로 소리쳐버릴 것 같은 두려운 충동이 마음 깊은 곳에서 불쑥 치밀어올랐다.

문득 정신을 차려보니, 그녀는 이미 길을 건너고 있었다. 눈앞에 '그 모든 것이 진짜임'을 증명해주었던 작은 가게가 보였다. 늘 그랬듯 그녀의 발걸음은 점점 빨라졌다. 그 그림은 다시 한번, 자신이 믿어온 모든 것이 틀리지 않았음을 보여줄 것이다. 그리고 그것이 사실이라면, 오스본 씨가 교통편을 마련해줄 거라는 것도 분명 사실일 것이다. 그 그림은 모든 일이 잘될 거라는 조용한 증거가 되어줄 터였다.

하지만 잔인한 일이 일어났다. 그 그림이 그녀를 배신한 것이다. 여전히 아름답기는 했지만, 이제는 아주 멀리 있는, 손에 닿지 않는 무언가처럼 느껴졌다. 아무리 마음을 열고 애를 써도, 예전처럼 그 안으로 들어갈 수 없었다. 그것은 이제 그저 그림일 뿐이었다. 소나무들을 그린, 아름답고 고요한 그림. 그러나 그 소나무들은 너무 멀었고, 마치 자신과는 아무런 관련도 없는 풍경처럼 느껴졌다.

그녀는 가게 안쪽 창문 너머로 등을 돌린 채 서 있는 노인을 보았다. 안으로 들어가 잠깐만 앉아 있어도 될지 묻고 싶었다. 정말 그 자리에 앉고 싶었다. 하지만 혹시 그가 무뚝뚝하게 대답하지는 않을까, 걱정되었다. 그는 어딘가 괴팍한 인상의 노인이었고, 지금 그녀는 누가 조금만 날카롭게 말해도 금세 울어버릴 것 같았다.

그 노인이 매일 밤 그녀를 기다렸다는 것, 그녀를 찾기 위해 무척 애를 썼다는 것, 그녀를 본다면 누구보다도 기뻐했을 거라는 것, 그리고 그가 누구보다도 따뜻하게 그녀를 맞아주었을 거라는 것, 이 모든 사실을 그녀는 알지 못했다. 그래서 그녀는 어느 때보다 더 외로운 마음으로 조용히 발걸음을 놀렸다.

월요일, 그녀는 더는 기다릴 수 없다고 느꼈다. 이렇게 지내는 것이 이제는 더 이상 안전하게 여겨지지 않았다. 그녀는 오스본 씨를 찾아갈 준비를 했지만, 그 준비 과정조차 그녀를 지치게 했다. 결국 오랜 시간 동안 창밖의 높다란 벽돌담을 바라보며 쉬어야 했다. 그 벽 너머에는 아무것도 없었다. 그녀는 몇 블록을 지나야 하는지, 몇 번이나 길을 건너야 하는지를 헤아리고 있었다. 그러다 문득, 전화로 물어볼 수도 있다는 생각이 떠올랐다.

그녀는 위층으로 돌아와 조용히 침대 위에 누웠다. 사무실에서 전화를 받은 소년은 오스본 씨가 자리를 비웠다고 말했다. 앞으로 2주 동안은 돌아오지 않을 거라고 했다. 그리고 사무실 사람들 중 아무도 그녀의 교통편에 대해 들은 바가 없다고 했다.

그날 하루 종일, 그녀는 침대에서 몸을 일으키지 못했다. 눈앞에는 좁은 골목과 높이 솟은 벽돌담만이 펼쳐져 있었다. 그녀는 자신의 산과 숲, 강과 호수를 잃어버렸다. 예전처럼 그곳으로 가보려 애썼지만, 이제는 더 이상 그 벽돌담 너머로 나아갈 수 없었다.

그녀는 갇혀 있었다. 자신 쪽으로 그 세계를 끌어오려 했지만, 벽이 가로막고 있었고, 그녀 또한 벽 너머로 나아갈 수 없었다. 포틀랜드에서 보인다는 그 위대한 산을 향해 기도하려 했지만, 그 기도조차 벽을 넘지 못했다.

오후 늦게, 그녀는 자신이 너무 깊이 갇혀 있다는 것을 느꼈다. 숨이 막혔고, 지금 당장 그 땅을 붙잡지 않으면 영영 잃게 될지도 모른다는 두려움이 밀려왔다. 그래서 그녀는 몸을 일으켰다.

그것은 너무도 멀고 험한 길이었다. 그 사이에는 끔찍한 것들이 있었다. 부딪쳐 오는 사람들, 뜨겁고 울퉁불퉁한 길, 그녀를 덮칠지도 모를 말들. 하지만 그녀는 그 여정을 반드시 떠나야만 했다. 그렇게 하지 않으면 안 되었다. 왜냐하면, 그녀를 살아 있게 해주던 모든 것이 지금 그녀에게서 미끄러져 나가고 있었기 때문이다. 그녀는 질식하고 있었고, 가라앉고 있었으며, 무엇보다도, 너무나 외로웠다.

한 걸음, 또 한 걸음. 다음 발을 어떻게 디딜 수 있을지조차 알 수 없는 상태로, 누군가 자신을 들이받지는 않을까 하는 두려움 속에서 그녀는 아파하며 걸었다. 울퉁불퉁한 거리와 빙글빙글 도는 건물들 사이를 지나며, 마지막 몇 걸음은 창틀을 붙잡고서야 나아갈 수 있었다. 걸음 하나하나가 깊은 틈처럼 느껴졌고, 그 틈을 과연 건널 수 있을지 확신할 수 없었다.

마침내 그녀는 도착했다. 하지만 흔들리는 몸으로 창가에 선 그녀의 눈에 비친 것은, 무엇이든 될 수 있을 듯한 어두운 얼룩이었다. 그녀는 애써 떠올리려 했다. 왜 여기에 온 것이었을까, 무엇이었지…. 그러는 사이, 그녀는 깊은 어둠 속으로 가라앉고 있었다.

갑자기 피가 흘러내렸다. 노인이 가게 밖으로 나와 그녀를 발견했다. 그는 조심스럽고 다정하게 그녀를 안아 그녀가 훨씬 전에 갔어야 마땅했던 곳으로 데려갔다. 의사들은 이미 늦었다고 말했고, 곧 그들의 진단은 사실로 드러났다.

이것이 마치 이 이야기의 결말을 말해주는 것처럼 보이는 일들이다.

하지만 겉으로 드러난 사실 아래에는 더 깊은 진실이 있다. 그리고 그 진실은, 이 이야기가 가장 아름다운 방식으로 행복한 결말을 맺는 이야기라는 것이다. 사실만 본다면, 그녀에게 불어온 바람은 단지 전기 선풍기에서 나온 바람이었을지 모른다. 하지만 진실은, 그것이 소나무 숲에서 불어온 다정하고 따뜻한 숨결이었다는 것이다.

간호사가 "가고 있어요."라고 말했을 때, 그녀는 정말로 가고 있었다. 거대한 공간과 온화한 바람이 부는 땅으로, 깊은 그늘과 쏟아지는 물줄기의 나라로 가는 길이었다. 그것은 경이로운 순간이었다. 그녀가 산을 불렀고, 산은 그녀의 목소리를 들었다. 너무도 크고, 너무도 영원한 존재였기에 산은 그녀를 부드럽게 자기 쪽으로 끌어당겼다. 높은 벽돌담 너머로, 수많은 시끄럽고 바쁜 사람들 사이를 지나서. 그것은 실로 찬란한 비상이었다.

그리고 산은 이렇게 속삭였다. 나는 이 거대한 땅 전체를 너에게 준다. 네가 이토록 깊이 사랑했으니, 언덕과 골짜기와 강과 숲과 호수, 이 모든 것이 이제 너의 것이다.

그렇다, 간호사의 말이 맞았다. 그녀는 가고 있었다. 수

많은 나무 그 깊은 그늘 아래, 먼 설산에서 흘러 내려온 맑은 물가 옆에서, 길고 달콤한 잠에 들기 위해.

정말로, '저 너머'로 가고 있었다.

하숙집

The Boarding House

제임스 조이스(James Joyce, 1882~1941)

아일랜드 더블린 출신. 20세기 모더니즘 문학을 대표하는 작가다. 《더블린 사람들》, 《젊은 예술가의 초상》 등에서 도시와 인간의 내면을 치밀하게 묘사했으며, 《율리시스》를 통해 의식의 흐름 기법과 실험적인 서사 구조로 문학의 지평을 넓혔다. 복잡하면서도 정교한 문체는 현대문학의 형식과 언어에 깊은 영향을 미쳤다.

一

 무니 부인은 푸줏간 주인의 딸이었다. 좀처럼 속을 드러내지 않는, 다부진 여자였다. 그녀는 아버지 밑에서 일하던 일꾼의 우두머리와 결혼해 스프링가든 근처에 푸줏간을 열었다. 하지만 장인이 세상을 뜨자마자 무니 씨는 곧장 나락으로 떨어졌다. 술에 빠지고, 가게 돈을 빼돌리더니 순식간에 빚더미에 올라앉았다. 금주 서약을 시켜봐야 소용없었나. 며칠 지나지 않아 다시 도졌다. 그는 손님들 앞에서 아내와 싸우고, 질 나쁜 고기를 사들여 가게를 망쳐놓았다. 어느 날 밤엔 커다란 고기 칼을 들고 아내에게 덤비는 바람에 무니 부인은 이웃집에서 하룻밤을 지내야 했다.

 그 일 이후로 두 사람은 따로 살았다. 무니 부인은 신부를 찾아가 별거를 허락받고 아이들 양육권도 얻어냈다. 그녀는 남편에게 돈도, 음식도, 머물 곳도 내주지 않았다. 그래서 그는 어쩔 수 없이 군청 행정관의 잔심부름을 하게 되었다. 그는 등이 굽은 초라한 주정뱅이로, 창백한 얼굴에는 흰 콧수염과 흰 눈썹이 가늘게 덧그려져 있었고, 그 아래에는 실핏줄이 선명한 충혈된 작은 눈이 박혀 있었다. 그는 하루 종일 사무실 한구석에 앉아 언제 일거리가 떨어지나, 하고 기다렸다. 한편 무니 부인은 푸줏간에서 남은 돈을 몽땅 **빼내**하덕 가에 하숙집을 열었다. 부인은 몸집이 크고 위엄이 있었다. 하숙집에는 리버풀이나 맨 섬에서 온 여행객들과 가끔 음악당에서 일하는 '연예인'들이 드나들었다. 붙박이 하숙인은 대부분 군청 사무실에서 일하는 서기들이었다. 부인은 하숙집을 영리하고 단호하게 운영했다. 외상을 줄 때와 엄하게 굴 때, 모른 척 넘어갈 때를 정확히 알고 있었다. 하숙집의 젊은이들은 부인을 '사장님'이라 불렀다.

이들은 취향도 비슷하고 하는 일도 엇비슷해서 서로 무척 잘 어울렸다. 대화의 주제는 주로 경마였다. 유력한 우승 후보나 의외로 복병이 될 만한 말에 대해 의견을 주고받곤 했다. 부인의 아들 잭 무니는 플리트 가에 있는 중개업자 사무실 직원이었는데, 구제 불능이라는 말이 돌았다. 군인들이나 쓰는 상스러운 말이 입에 붙어 있었고, 집에는 늘 새벽녘에야 들어왔다. 친구들을 만나면 해줄 음담패설이 늘 하나쯤은 준비되어 있었고, 언제나 뭔가 '잘 나가는 걸' 알고 있었다. 그게 유망한 경주마일 때도 있었고, 요즘 뜨는 연예인일 때도 있었다. 그는 주먹질도 곧잘 했고, 익살스러운 유행가도 잘 불렀다. 일요일 밤이면 무니 부인의 응접실에서는 작은 모임이 열렸다. 음악당 출신 연예인들이 돌아가며 한 곡씩 불렀고, 셰리든은 왈츠나 폴카를 연주하거나 반주를 즉흥으로 맞춰주었다. 무니 부인의 딸 폴리도 노래를 불렀다. 그녀가 부른 노래는 이랬다.

나는야… 나쁜 여자.
괜히 모르는 척 마세요.
당신도 알고 있잖아요.

폴리는 열아홉 살의 가냘픈 저녀였다. 밝고 부드러운 머리카락에 작고 도톰한 입술을 지니고 있었다. 회색에 옅은 녹색이 감도는 눈동자는 누군가와 이야기할 때면 위를 올려다보는 버릇이 있었고, 그 눈짓 때문에 어딘가 순진하면서도 묘한 끌림이 느껴졌다. 무니 부인은 딸을 곡물상 사무실에 타자수로 보냈다가, 행실 나쁜 군청 행정관의 심부름꾼이 이틀이 멀다 하고 사무실로 찾아와 말 한마디만 붙이게 해달라고 졸라대는 바람에, 딸을 다시 집으로 불러들여 집안일을 시키게 되었다. 폴리가 워낙 활달한 성격이라 하숙집의 젊은 남자들과 어울리게 하려는 의도도 있었다. 원래 젊은 남자들이란, 가까운 곳에 젊은 여자가 있다는 사실만으로도 기분이 좋아지는 법이었다. 폴리는 자연스럽게 하숙생들과 어울렸지만, 눈치 빠른 무니 부인은 그들이 그저 시간을 때우고 있을 뿐 진심은 아니라는 걸 알고 있었다.

그런 나날이 한참 이어지던 어느 날, 무니 부인은 폴리와 한 하숙생 사이에 뭔가 묘한 기운이 감돌고 있다는 걸 눈치챘다. 부인은 조용히 둘을 지켜보며 겉으로는 아무렇지 않은 척 시치미를 떼고 있었다.

폴리도 자신을 지켜보고 있는 시선을 알고 있었지만 무니 부인은 끝내 아무 말도 하지 않았고, 그 침묵은 폴리를 향한 암묵적인 동조처럼 느껴졌다. 모녀가 서로 짠 듯 행동한 것도, 노골적으로 입을 맞춘 것도 아니었지만, 하숙집 사람들이 그 일로 수군거리기 시작했을 때도 무니 부인은 아무런 해명도 하지 않았다. 폴리는 점점 낯선 태도를 보이기 시작했고, 그 젊은 남자 역시 눈에 띄게 불안해 보였다. 마침내 때가 왔다고 판단한 순간, 무니 부인이 개입했다. 그녀는 도덕적 문제를 다룰 때도 칼로 고기를 자르듯 단호했고, 이번 일에 대해서도 이미 결심을 굳힌 상태였다.

초여름 햇살이 환하게 내리쬐던 일요일 아침이었다. 무더위가 예고된 날씨였지만, 바람은 상쾌했다. 하숙집의 창문은 모두 활짝 열려 있었고, 들어 올린 창틀 아래로 레이스 커튼이 거리를 향해 살랑살랑 부풀어 올랐다. 세인트 조지 교회의 종탑에서는 종소리가 끊이지 않았고, 신도들이 한 사람씩, 혹은 삼삼오오로 교회 앞의 작은 원형 광장을 건너고 있었다. 그들의 몸가짐은 단정했고, 장갑 낀 손에는 작은 성경책이 들려 있었다. 그 모습만으로도 이들이 어디로 향하는지 충분히 짐작할 수 있었다. 하숙집에서는 아침 식사가 끝난 뒤였다. 식탁 위에는 노란 달걀 자국과 베이컨 기름, 빵 껍질이 남아 있는 접시들이 그대로 놓여 있었다. 무니 부인은 라탄 안락의자에 앉아 하녀 메리가 식탁 치우는 모습을 지켜보고 있었다. 그녀는 메리에게 남은 빵 껍질과 부스러기를 잘 모아 다음 화요일에 만들 푸딩에 쓰라고 일렀다. 식탁이 치워지고, 빵 부스러기가 모이고, 설탕과 버터에 자물쇠가 채워진 뒤, 무니 부인은 전날 밤 폴리와 나눈 대화를 머릿속에서 하나씩 되짚기 시작했다. 모든 것은 예상한 대로였다. 그녀는 거침없이 물었고, 폴리 역시 숨김없이 대답했다. 물론 둘 다 조금은 어색했다. 무니 부인은 이 일을 너무 아무렇지 않게 받아들이는 것처럼 보이거나, 애초부터 모든 걸 알고 있었던 것 같은 인상을 주고 싶지 않아 조심스러웠고, 폴리는 늘 그런 이야기를 어색해하는 편이기도 했지만, 무엇보다도 어머니의 관용 뒤에는 어떤 의도가 숨겨져 있다는 사실을 자신이 어렴풋이 짐작하고 있다는 걸 들킬까 봐 더욱 곤란해했다.

세인트 조지 교회의 종소리가 멎었다는 걸 알아차리는 순간, 무니 부인은 본능적으로 벽난로 위 금테 시계를 힐끗 바라보았다. 오전 열한 시 십칠 분. 도런 씨와 이야기를 마치고 말버러스트리트에서 열리는 정오 예배에 참석하기까지 시간이 충분했다. 그녀는 이번 일에서 자신이 반드시 이길 거라 확신하고 있었다.

무엇보다도 세상이 그녀 편이었다. 그녀는 지금 분노에 가득 찬 어머니였다. 도런 씨가 명예로운 사람이라 믿고 같은 지붕 아래 지내도록 허락했지만, 그는 그 신뢰를 저버렸다. 그는 서른넷이나 서른다섯쯤 되었으니, 더 이상 나이 탓을 할 수도 없었다. 세상 물정을 모르는 사람이 아니었다. 결국 그가 한 일은, 폴리의 젊음과 미숙함을 이용한 것일 뿐이었다. 그건 누가 봐도 명백했다. 이제 남은 건 단 하나였다. 그는 어떻게 책임질 것인가?

이런 경우엔 반드시 책임이 따르기 마련이다. 남자는 자기 좋을 대로 하고는 — 한순간의 쾌락을 누리고는 — 아무일 없었다는 듯 살아가면 그만이다. 하지만 뒤처리는 늘 여자 몫이었다. 돈 몇 푼 받고 얼버무리는 어머니들도 있었다.

그녀는 그런 사례를 종종 본 적이 있었다. 하지만 자신은 그럴 생각이 없었다. 그녀에게 딸의 명예가 훼손된 일에 대한 유일한 보상은 결혼뿐이었다.

메리를 보내 도런 씨에게 자신이 이야기를 나누고 싶다는 말을 전하기 전에, 그녀는 머릿속으로 모든 패를 다시 한번 점검했다. 자신이 이길 거라 확신했다. 도런 씨는 다른 하숙생들처럼 시끄럽거나 날라리 기질이 있는 사람은 아니었다. 셰리든이나 미드, 벤탐 라이언스였다면 일이 훨씬 더 까다로웠을 것이다. 그는 그 정도로 강단 있는 사람은 아니었다. 하숙집 사람들은 이미 이 일에 대해 어느 정도는 알고 있었고, 그중 누군가는 사실을 부풀려 말하기도 했다. 게다가 그는 가톨릭계 대형 와인 상사에 십삼 년째 근무 중이었다. 잘못 소문이 나면 어쩌면 직장을 잃게 될지도 몰랐다. 하지만 만약 그가 동의한다면, 모든 게 순조롭게 해결될 수 있었다. 그녀는 그가 괜찮은 급여를 받고 있다는 걸 알고 있었고, 아마 따로 모아둔 돈도 있을 거라고 짐작했다.

시계는 어느덧 반을 가리키고 있었다. 그녀는 자리에서 일어나 전신거울 앞에 섰다. 혈색 좋고 위엄 있는 얼굴에 결단력 있는 표정이 지어진 것을 보며 만족스러워했다. 그리고 문득, 아직 딸을 시집보내지 못해 속을 태우는 몇몇 어머니들의 얼굴이 떠올랐다.

도런 씨는 그 일요일 아침, 몹시 초조했다. 면도를 두 번이나 시도했지만 손이 너무 떨려 도중에 포기할 수밖에 없었다. 턱에는 사흘 된 붉은빛 수염이 듬성듬성 자라 있었고, 안경에는 이삼 분 간격으로 김이 서려 주머니에서 손수건을 꺼내 자꾸 닦아야 했다. 전날 밤 고해성사의 기억은 그에게 깊은 고통을 안겨주었다. 신부는 사건의 구체적이고 우스꽝스러운 부분까지 하나하나 끄집어냈고, 결국 그의 죄를 지나치게 부풀려 설명한 탓에, 도런 씨는 '보상할 길'이 주어진 것만으로도 거의 감사할 지경이었다. 이미 일은 벌어졌다. 이제 그가 할 수 있는 일은, 그녀와 결혼하든지 도망치든지, 둘 중 하나뿐이었다. 그는 정면으로 맞설 자신이 없었다. 이 일은 틀림없이 사람들 입에 오르내릴 것이고, 고용주 역시 알게 될 터였다. 더블린은 얼마나 좁은 도시인가. 사람들은 남의 일이라면 모르는 게 없었다. 그는 상상했다. 레너드 영감이 귀에 거슬리는 목소리로 "도런 씨 좀 들여보내요!" 하고 소리치는 모습을. 그 순간, 그의 심장이 목구멍까지 치밀어 오르듯 뛰기 시작했다.

그 오랜 직장생활이 모두 허사가 되다니, 부지런하고 성실하게 쌓아온 모든 노력이 물거품이 되다니. 물론 젊은 시절엔 그도 방탕한 적이 있었다. 술집에서는 신 없는 세상을 외치며 자유사상을 떠들었고, 신의 존재를 부정하기도 했다. 하지만 그건 모두 다 지나간 일이었다… 거의 말이다. 지금도 주말이면 《레이놀즈 신문》*을 사 보기는 하지만, 그는 예배에도 성실히 참석했고, 일 년 중 열 달은 단정한 삶을 살아왔다. 결혼하여 자리를 잡을 만큼의 돈은 있었다. 문제는 그것이 아니었다. 그녀의 가족이 마음에 걸렸다. 무엇보다도 안 좋은 평판이 따라다니는 그녀의 아버지, 그리고 최근 들어 뒷말이 돌기 시작한 하숙집. 도런은 어쩐지 자신이 덫에 걸려든 게 아닐까 하는 생각이 들었나. 친구들이 이 일을 두고 수군거리며 웃는 모습이 머릿속에 떠올랐다. 폴리에게는 다소 모자란 구석도 있었다. 가끔 "나는 밨어"라거나 "내가 알았다면…." 같은 말을 하기도 했다. 하지만 정말로 사랑한다면, 문법이 무슨 문제가 되겠는가?

도런은 그녀를, 그 일이 있었기 때문에 더 좋아해야 할지, 아니면 경멸해야 할지 판단하지 못했다. 물론 자신도 똑같이 그 일을 저질렀다는 사실은 알고 있었다. 그의 본능은 자유를 외치고 있었다. 결혼을 하는 순간, 인생은 끝나는 것

---

* **레이놀즈 신문** 19세기 영국의 급진적 일요신문. 노동자 계층을 대변하며 반종교·자유주의 성향을 띠었다.

이라고.

그가 셔츠 차림에 바지만 걸친 채 침대 가장자리에 맥없이 앉아 있는데, 폴리가 살며시 문을 두드리고 들어왔다. 그녀는 어머니에게 모든 것을 털어놓았고, 오늘 아침 어머니가 도런과 직접 이야기를 나누고 싶어 한다는 말을 전하러 왔다. 폴리는 울며 그의 목에 팔을 감았다.

"오, 밥! 밥, 나 어떡하면 좋아? 나 정말 어떡해…."

그녀는 차라리 죽어버리고 싶다고 했다.

그는 힘없이 그녀를 달랬다. 울지 말라고, 다 괜찮을 거라고, 걱정 말라고. 그녀의 가슴이 격하게 오르내리는 게 그의 셔츠 너머로 고스란히 느껴졌다.

이 일이 벌어진 게 전적으로 도런의 탓만은 아니었다. 그는 독신자의 기묘하고도 인내심 깊은 기억력으로 처음 느꼈던 그녀의 옷자락, 숨결, 손끝에 스친 감촉을 또렷이 떠올렸다.

그러다 떠오른 장면, 어느 늦은 밤, 그가 막 옷을 벗고 잠자리에 들려던 참에 그녀가 조심스레 그의 방문을 두드렸던 일. 바람에 촛불이 꺼졌다고 했고, 다시 불을 붙이러 왔다고 했다. 그날은 그녀가 목욕을 한 날이었다. 헐렁한 플란넬 가운을 걸친 채, 모피 슬리퍼 틈 사이로 드러난 흰 발등이 희미한 불빛에 반짝였다. 향긋한 피부 아래로 따뜻한 혈색이 감돌았고, 그녀가 초에 불을 붙이고 조용히 불꽃을 고정할 때, 손끝과 손목에서는 은은한 향이 퍼져 나왔다.

그가 아주 늦게 들어온 날이면, 식사를 데워준 이도 늘 그녀였다. 모두가 잠든 하숙집, 고요한 밤에 그녀가 바로 곁에 있다는 사실만으로 그는 무엇을 먹는지도 모를 만큼 이성을 잃었다. 그녀의 다정함이란! 날이 춥거나, 비가 오거나, 바람이 부는 밤이면, 언제나 따뜻한 펀치 한 잔이 그를 기다리고 있었다. 어쩌면 함께 행복하게 살아갈 수도 있지 않을까, 그런 생각이 들기도 했다.

두 사람은 종종 촛불을 하나씩 들고 소심소심 발끝으로 세 단을 올라가 삼 층 복도에서 마지못해 작별 인사를 나누곤 했다. 입맞춤도 했다. 그는 그녀의 눈, 그녀의 손길, 그리고 그 자신이 느꼈던 그 황홀한 순간들을 또렷이 기억하고 있었다.

하지만 황홀함은 지나가게 마련이었다. 도런은 폴리의 말을 떠올리며 스스로에게 되뇌었다. '나 어떡하면 좋아?' 독신자의 본능은 그에게 물러서라고 경고하고 있었다. 하지만 그는 죄를 지었다. 심지어 명예심조차 이런 죄에 대해서는 보상이 따라야 한다고 말하고 있었다.

그가 그녀 곁에 앉아 있을 때, 하녀 메리가 문밖에서 그를 불렀다. 부인께서 응접실에서 뵙고 싶어 하신다고. 그는 일어나 조끼와 코트를 걸쳤다. 그 어느 때보다도 더 무기력한 마음이었다. 옷을 다 갖춰 입고 나서 그는 그녀에게 다가가 조용히 위로했다. 다 괜찮을 거라고, 걱정하지 말라고. 그리고 그녀를 침내에 남겨둔 채 방을 나섰다. 그녀는 흐느끼며 낮은 목소리로 중얼거리고 있었다. "오, 하느님…."

계단을 내려가는 동안, 안경에는 또다시 습기가 가득 차 그것을 벗어 손수건으로 닦아야 했다. 그는 지붕 위로 날아올라, 이 일에 대해 다시는 듣지 않아도 되는 곳으로 떠나고 싶었다. 하지만 어떤 힘이 그를 계단 아래로 한 걸음 한 걸음 끌어내리고 있었다. 고용주와 부인, 두 사람의 냉정한 얼굴이 마치 그를 내려다보며 응시하고 있는 듯했다.

마지막 계단에서 그는 아래층 식료품실에서 맥주 두 병을 들고 올라오던 잭 무니와 마주쳤다. 두 사람은 싸늘하게 인사를 나눴다. 그 순간, 도런의 시선이 불도그 같은 두툼한 얼굴과 짧고 단단한 팔에 잠시 머물렀다. 계단 아래에 다다랐을 때 그는 고개를 들어보았다. 잭이 되돌아가던 방 문가에 멈춰 서서 그를 내려다보고 있었다.

그는 문득 그날 밤을 떠올렸다. 음악당에서 온 '연예인' 중 한 명, 금발에 영국 말씨를 쓰는 작고 앳된 여자가 폴리를 두고 다소 노골적인 농담을 했던 날이었다. 그 일로 모임은 거의 깨질 뻔했다. 잭이 격분한 탓이었다. 모두가 그를 달래느라 애를 썼다. 그 여자는 평소보다 약간 창백한 얼굴로 계속 웃으며, 그런 뜻은 전혀 없었다고 말했지만, 잭은 고래고래 소리를 쳤다. 누구든 자기 여동생한테 그런 짓을 했다간, 이빨을 모조리 목구멍 아래로 밀어넣어 주겠다고. 그의 말투는 작정한 듯했다.

폴리는 한동안 침대 가장자리에 앉아 울었다. 그러다 눈물을 닦고 거울 앞으로 갔다. 수건 끝을 물병에 적셔 시원한 물로 눈가를 식혔다. 옆얼굴을 거울에 비춰보며 귀 옆의 실핀을 가만히 고쳐 꽂았다. 다시 침대로 돌아와 끝자락에 앉았다. 오랫동안 베개를 바라보았다. 그 베개들은 그녀 안에서 조용하고 다정한 기억들을 불러일으켰다. 그녀는 목덜미를 차가운 쇠 난간에 기대고 조용히 몽상에 잠겼다. 이제 그녀의 얼굴에는 더 이상 불안한 기색이 없었다.

그녀는 조용히, 어쩌면 살짝 즐거워 보이기까지 하는 표정으로, 아무런 두려움 없이 기다리고 있었다. 마음속의 기억들은 점차 희망과 미래에 대한 환상으로 바뀌어 갔다. 희망과 환상은 너무나도 복잡하게 얽혀, 그녀는 자신이 바라보던 흰 베개조차 더는 인식하지 못했고, 무언가를 기다리고 있다는 사실마저 잊고 있었다.

마침내 어머니의 목소리가 들려왔다. 그녀는 벌떡 일어나 난간 쪽으로 달려갔다.

"폴리! 폴리!"

"네, 엄마?"

"애야, 내려오렴. 지금 도런 씨가 네게 할 이야기가 있다는구나."

그제야 폴리는, 자신이 무엇을 기다리고 있었는지를 생각해냈다.

밀짚모자

麦藁帽子

호리 다쓰오(堀辰雄 ほりたつお, 1904~1953)

일본 도쿄 출신. 섬세한 감성과 서정적 문체로 사랑받는 소설가다. 《성가족》, 《아름다운 마을》, 《바람 불다》, 《광야》 등에서 삶과 죽음, 사랑과 상실의 주제를 깊이 있게 그려냈다. 전쟁과 이데올로기의 격류 속에서도 인간 내면의 진실과 순수함을 탐구했으며, 시적 감수성이 깃든 문학 세계로 일본 근대문학에 뚜렷한 자취를 남겼다.

―

나는 열다섯, 너는 열세 살 때였다.

나는 하얀 토끼풀꽃이 가득 피어 있는 들판에서 네 오빠들과 야구 연습을 하고 있었다. 너는 어린 남동생과 함께 멀찍이 떨어진 곳에서 우리를 지켜보며 하얀 꽃을 따서는 목걸이를 만들고 있었다. 공이 하늘 높이 떠오른다. 나는 온 힘을 다해 달린다. 공이 글러브를 스친다. 발이 미끄러진다. 내 몸이 공중에서 한 바퀴 돌고는 들판 옆 논바닥으로 굴러떨어진다. 나는 시궁창에 빠진 생쥐 꼴이 된다.

네 오빠들이 가까운 농가의 우물가로 나를 데려간다. 나는 그곳에서 알몸이 된다. 누군가 네 이름을 부른다. 너는 두 손에 꽃목걸이를 조심스레 받쳐들고 달려온다. 알몸이 되면 세상이 확 달라 보이는 걸까? 여태껏 꼬마 아이로만 보이던 네가 갑자기 다 자란 여인의 모습으로 내 눈앞에 나타난다. 몸에 실오라기 하나 걸치지 않은 나는 어쩔 줄 몰라 하며 글러브로 내 그곳을 간신히 가리고 있다.

부끄러워하는 나와 너를 우물가에 남겨두고 모두가 야구 연습을 하러 떠난다. 네가 진흙투성이인 내 바지를 빨고 있는 동안, 나는 부끄러움을 감추려고 익살스러운 표정을 지으며 네 꽃목걸이를 낚아채 모자인 양 머리에 얹어본다. 그러고는 마치 고대 조각상처럼 그 자리에 꼿꼿이 서 있다. 벌겋게 달아오른 얼굴로.

여름방학이 되었다.

그해 봄 새로 기숙사에 들어온 어린 학생들이 호박벌 무리처럼 붕붕 소리를 내며 떠나갔다. 그들은 저마다의 들장미를 찾아 떠난 것이다.

나는 어떻게 해야 하나? 내게는 돌아갈 고향이 없었다. 내가 태어난 곳은 도시 한복판이었다. 게다가 나는 외아들에 겁도 많아, 부모 곁을 떠나 혼자 여행하는 건 상상조차 할 수 없었다. 하지만 올해는 사정이 좀 다르다. 상급 학교에 진학했기 때문에 이번 여름방학에는 숙제가 생겼다. 바로 시골로 가서 나만의 들장미인 소녀를 찾는 것.

혼자서 시골에 갈 수 없었던 나는 도시 한가운데에서 그저 기적이 일어나기만을 기다리고 있었다. 그 기다림은 헛되지 않았다. C현에 있는 바닷가에서 여름을 보내고 있던 네 오빠에게서 생각지도 못한 초대 편지를 받은 것이다.

아아, 그리운 내 어린 시절의 친구들아! 나는 추억을 더 듬어본다. 나보다 나이가 조금 더 많은 네 두 오빠의 모습이 맨 먼저 떠오른다. 둘 다 새하얀 운동복을 입고 있다. 나는 거의 날마다 그들과 들판에서 야구 연습을 했다. 그러던 어느 날, 논바닥으로 굴러떨어졌다. 그리고 꽃목걸이를 손에 든 네 옆에서 알몸이 되었다. 내 얼굴은 벌겋게 달아올랐고…. 나중에 네 오빠들은 둘 다 다른 지역의 고등학교에 입학했다. 그러고는 어느새 삼사 년의 세월이 흘렀다. 그 뒤로는 네 오빠들과 함께 어울릴 기회가 없었다. 그 대신 나는 거리에서 이따금 너를 만났다. 그저 아무 말 못 하고 얼굴을 붉힌 채 고개만 끄덕였을 뿐이지만. 너는 여학교 교복을 입고 있었다. 내 곁을 스쳐 지나갈 때마다 네 구두 소리가 조그맣게 들리곤 했다.

나는 부모에게 그 바닷가에 가게 해달라고 졸랐고, 마침내 그곳에서 일주일 머물러도 좋다는 허락을 받아냈다. 수영복이며 글러브 같은 것들이 잔뜩 들어 묵직해 보이는 가방을 들고 두근거리는 가슴을 안고 집을 나섰다.

그곳은 T라는 이름의 아주 작은 마을이었다. 너와 오빠들은 어느 농가의 별채를 빌려 지내고 있었다. 별채는 아담했고 여러 가지 꽃에 둘러싸여 있었다. 내가 그 집에 도착했을 때, 너와 오빠들은 바닷가에 나가고 없었고, 네 어머니와 내가 잘 모르는 네 언니 둘만 남아 있었다.

그들이 바닷가로 가는 길을 알려주자, 나는 신발을 벗고 소나무 숲 사이로 난 자그마한 오솔길을 따라 내달렸다. 햇볕에 달궈진 모래사장에서는 마치 빵 굽는 듯한 냄새가 났다.

바닷가를 가득 채운 햇빛에 눈이 얼마나 부신지 아무것도 보이지 않을 지경이었다. 요정이라도 되지 않고서는 그 충만한 빛 속으로 들어설 수 없을 것 같았다. 나는 눈먼 사람처럼 손으로 허공을 더듬으며 조심스레 그 속으로 한 발 한 발 내디뎠다.

어린아이들이 모래를 덮어 파묻고 있는 반나체의 소녀 하나가 어렴풋이 눈에 들어왔다. 너일지도 모른다는 생각에 나는 그쪽으로 가까이 다가갔다. 그러자 커다란 비치 모자 아래에서 처음 보는 자그마한 검은 얼굴의 소녀가 힐끗 나를 바라보았다. 그러고는 내가 누군지 모르는 듯한 표정을 내비치더니 비치 모자를 깊이 눌러써서 작은 얼굴을 가렸다. 나는 그 자리에 우뚝 선 채 꼼짝도 하지 않았다. 그러다 파도에 밀려드는 모래에 발이 묻힐 즈음 바다를 향해 "헬로!" 하고 소리쳤다.

"헬로! 헬로!"

바다 한가운데서 내 목소리에 대답하는 소리가 들려왔다.

나는 황급히 옷을 벗었다. 수영복 차림으로 목소리가 들려오는 쪽을 향해 무작정 뛰어들 듯한 자세를 취했다. 바로 그때, 발밑에서도 "헬로!" 하는 소리가 들렸다. 나는 재빨리 뒤돌아보았다. 조금 전의 그 소녀가 모래 속에서 반쯤 몸을 내밀고 방긋 웃고 있는 모습이 또렷이 보였다.

"아니, 너잖아?"

"난 줄 몰랐어요?"

수영복은 마법과도 같다. 몸에 걸치는 순간, 마치 요정이 된 듯한 기분이 든다. 몸이 한결 가벼워지고, 지금껏 보이지 않던 것이 순식간에 보이기 시작한다.

시골에서 지내다 보면, 도시에서는 어렵게만 느껴지던 사랑의 방식이 실은 지극히 단순하다는 걸 알게 된다. 한 소녀의 마음에 들기 위해서는 그 소녀의 가족이 어떤 스타일인지 이해할 필요가 있다. 나는 네 가족과 함께 지낸 덕분에 그 일이 아주 쉬웠다. 네가 가장 좋아하는 젊은이가 바로 네 오빠들이라는 걸 나는 금세 알아챘다. 그들은 스포츠를 무척 좋아했다. 그래서 나도 힘닿는 한 스포츠를 좋아해보려고 애썼다. 오빠들은 너를 무척 다정하게 대하다가도 이따금 짓궂게 굴었다. 나도 그들과 함께 너를 우리의 모든 놀이에서 밀어내곤 했다.

네가 어린 남동생을 데리고 바닷가에서 놀고 있을 때, 나는 네 관심을 끌어보려고 네 오빠들과 함께 헤엄을 쳤다.

모래사장에서 조금 멀리 떨어진 바다에서 헤엄을 치다 보면, 물이 너무 맑아서 우리 그림자가 물고기와 함께 물속에 어른거리는 게 보였다. 그래서인지 어쩌다 우리와 닮은 구름이 하늘에 떠 있으면, 그것마저도 하늘에 비친 우리의 그림자라는 착각이 들었다.

우리가 머문 시골집은 여러 개의 축사와 등을 맞대고 있었다. 가축들은 이따금 짝짓기를 했고, 그때마다 이상한 비명이 우리에게까지 들려왔다. 뒷문을 열고 나가면 소 한 쌍이 풀을 뜯고 있는 자그마한 목장이 있었다. 저녁 무렵이 되면 소들은 어디론가 사라졌고, 우리는 그 빈터에서 캐치볼을 했다. 그럴 때면 너는 언니나 남동생과 함께 그곳까지 놀러 나왔다. 그러고는 언제나 그렇듯 멀찌감치 떨어진 곳에서 꽃을 따거나 며칠 전에 배운 찬송가를 흥얼거렸다. 네가 가끔 가사를 잊고 머뭇거리면 언니가 작은 목소리로 이어서

부르곤 했다. 아직 여덟 살이 채 안 된 남동생은 네 곁을 잠시도 떠나지 않았다. 녀석은 너무 어려서 우리와 함께 캐치볼을 할 수 없었다. 그런 남동생에게 날마다 한 번씩 입을 맞춰주는 것이 네 일과 중 하나였다. 너는 남동생을 끌어안고는 "오늘은 아직 한 번도 뽀뽀를 안 해줬네."라고 말하며, 내 앞에서 아무렇지 않게 입맞춤을 했다.

그럴 때 나는 공 던지는 자세를 취하면서, 그 모습을 곁눈으로 힐끔힐끔 쳐다보았다.

목장 너머로는 보리밭이 펼쳐져 있었고, 보리밭 사이로는 작은 시냇물이 흐르고 있었다. 우리는 그곳에 곧잘 낚시를 하러 갔다. 너는 바구니를 들고 자그마한 낚싯대를 어깨에 걸친 남동생과 함께 우리 뒤를 따라왔다. 나는 지렁이를 무서워했다. 그래서 늘 네 오빠들이 나를 대신해서 낚싯바늘에 지렁이를 꿰어줬다. 그런데 물고기는 내 미끼만 쏙쏙 빼먹었다. 그러자 나중에는 네 오빠들이 귀찮다는 듯 그 일을 네게 떠넘겼다. 너는 나와 달리 지렁이를 무서워하지 않았다. 지렁이를 꿸 때마다 네 몸이 내 쪽으로 기울곤 했다. 너는 붉은 체리 모양 장식이 달린 밀짚모자를 쓰고 있었는데, 한번은 부드러운 모자챙이 내 뺨을 살짝 스쳤다. 그 순간, 나는 네가 눈치채지 못하게 숨을 깊고 조용히 들이마셨다. 네게서는 아무런 냄새도 나지 않았다. 다만 뜨거운 햇볕을 머금은 밀짚모자의 냄새만이 희미하게 느껴졌을 뿐이다. 나는 왠지 모르게 마음이 허전했다. 어쩐지 너에게 속은 듯한 기분마저 들었다.

아직 개발이 덜 되어서인지 T마을에는 우리 말고 다른 피서객이 없었다. 덕분에 우리는 그 작은 마을에서 꽤 인기가 있었다. 바닷가에 나가 있노라면 금세 마을 사람들이 우리 주위로 모여들었다. 선량해 보이는 그들은 나를 네 오빠로 착각하고 있었고, 나는 그 오해가 은근히 기뻤다.

그뿐만이 아니었다. 네 어머니도 우리 어머니처럼, 아이들이 귀찮게 여기지 않을 정도의 사랑법을 알고 있었다. 네 어머니는 나를 마치 자기 자식처럼 편하게 대해주셨다. 내가 마음에 든 것이 분명해 보였다.

부모에게 허락받은 일주일이 이미 지나가버렸다. 그러거나 말거나 나는 도시로 돌아가고 싶지 않았다.

아아, 나도 네 오빠들처럼 너에게 짓궂게 굴 줄 알았더라면, 그런 실수를 하지 않았을 텐데! 아무래도 내게 마가 끼었던 모양이다. 나는 단 한 번이라도 좋으니 너와 단둘이 있고 싶었다. 그 마음을 도저히 억누를 수 없었다.

"테니스 할 줄 알아요?" 어느 날 네가 물었다.

"조금…."

"그럼 나랑 비슷하겠네요. 한번 같이 해볼래요?"

"하지만 라켓도 없고, 어디서 해?"

"초등학교에 가서 부탁하면 돼요."

너와 단둘이 있을 수 있는 이 좋은 기회가 다시는 오지 않을 것만 같았다. 나는 기회를 놓치고 싶지 않아, 금세 들통날 거짓말을 하고 말았다. 사실 나는 그때까지 한 번도 테니스 라켓을 쥐어본 적이 없었다. 하지만 상대가 여자아이라 해볼 만하다는 생각이 들었다. 네 오빠들이 걸핏하면 '테니스쯤이야!' 하고 우습게 말하곤 했기에, 나도 덩달아 그런 생각이 들었다. 우리가 함께 초등학교에 가자고 하자, 네 오빠들도 따라나섰다. 둘은 포환던지기를 할 생각이었다.

학교 화단에는 협죽도꽃이 가득 피어 있었다. 네 오빠들은 나무 그늘에서 포환던지기를 했다. 너와 나는 그곳에서 조금 떨어진 땅바닥에 백묵으로 선을 그은 뒤 네트를 쳤다. 그러고는 각자 라켓을 쥐고 진지한 얼굴로 마주 섰다. 그런데 막상 게임을 해보니 네 공이 상상했던 것보다 훨씬 강했다. 내가 받아친 공은 대부분 네트에 걸렸다. 대여섯 차례 공이 오간 뒤, 갑자기 네가 화난 얼굴로 라켓을 바닥에 탁

내려놓았다.

"그만해요."

"왜 그만해?" 나는 조금 겁이 났다.

"너무 봐주고 있잖아요. 그러니 무슨 재미로 하겠어요?"

네가 그렇게 말하는 걸 보니, 내 거짓말이 아직 들키지 않은 것 같았다. 하지만 네가 나를 오해하고 있다고 생각하니 오히려 더 괴로웠다. 상대를 배려하는 사람보다는 차라리 거짓말쟁이가 되는 편이 낫겠다는 생각이 들었다.

나는 뾰루퉁한 얼굴로 아무 말 없이 땀을 닦았다. 아까부터 협죽도의 주홍빛 꽃이 자꾸 눈에 거슬려 괜히 신경질이 났다.

이유는 잘 모르겠지만, 요 며칠 너는 헐렁한 회색빛 수영복을 입었다. 그 수영복을 싫어하면서도 말이다. 네가 전에 입었던 수영복의 가슴 부분에는 하트 모양의 구멍이 뚫려 있었다. 그래서 너는 바다에 잘 들어가지 않는 네 언니의 수영복을 빌려 입었던 것이다. 그 마을에서는 수영복을 살 수 없었다. 4킬로미터쯤 떨어진 기차역 있는 마을까지 가야만 살 수 있었다. 어느 날 나는 테니스 게임의 실패를 만회할 생각으로 내가 직접 네 수영복을 사러 가겠다고 나섰다.

"자전거를 빌릴 만한 곳이 있을까?"

"이발소에서 빌릴 수 있을 거예요."

커다란 비치 모자를 쓴 나는 이발소 주인이 빌려준 자전거에 올라타고 뙤약볕이 쏟아지는 길을 달렸다.

기차역이 있는 마을에서 나는 양품점 몇 군데를 둘러보았다. 소녀용 수영복을 고르면서 얼마나 가슴이 두근거렸던가! 네게 잘 어울릴 만한 수영복을 발견했는데도 나는 더 마음에 드는 것이 있을까 싶어 한참 동안 고르고 또 골랐다. 수영복을 사고는 우체국에 들러 어머니에게 전보를 쳤다. 나는 전보지에 "봉봉 초콜릿 보내줘요."라고 적었다.

그러고 나서는 결승선을 향해 치닫는 땀투성이 육상선수처럼 숨이 턱까지 차오를 때까지 페달을 밟아 마을로 돌아왔다.

그로부터 이삼일이 지났을 무렵이었다. 우리는 바닷가에서 누워 있다가 차례로 모래 속에 몸을 묻으며 놀았다. 이윽고 내가 묻힐 차례가 되자, 나는 온몸을 모래에 묻고 얼굴만 쏙 내밀었다. 그 놀이의 마무리는 네 차지였다. 나는 네가 하는 대로 내버려두고, 옆으로 시선을 돌렸다. 멀찍이 떨어진 커다란 소나무 그늘 아래, 우리 쪽을 보고 웃으며 이야기 나누는 두 여인의 모습이 눈에 들어왔다. 비치 모자를 쓴 여인은 네 어머니처럼 보였고, 그 곁에 낯선 여인은 이 마을에서는 한 번도 본 적 없는 얼굴이었다. 그녀는 검은색 양산을 쓰고 있었다.

"어머, 오빠 어머니예요!" 네가 수영복에 묻은 모래를 털고 일어서며 말했다.

"그런가 보네." 나는 관심 없다는 듯 심드렁하게 대꾸했다. 네 말에 네 오빠들은 모두 일어섰다. 나만 계속해서 모래 속에 파묻혀 있었다. 가슴이 마구 뛰었다. 어머니에게 거짓말한 것이 들통난 듯 보였기 때문이다. 모래 밖으로 내민 내 얼굴이 무척 우스꽝스럽게 보일 것 같았다. 나는 차라리 얼굴까지 모래 속에 파묻고 싶었다. 내가 이곳에서 어머니에게 보낸 편지는 하나같이 슬픈 내용뿐이었다. 그런 편지를 읽으면 어머니가 나를 애틋하게 여길 줄 알았다. 어머니는 내가 슬픔에 젖어 지낼 거라고 믿고, 안타까운 나머지 나를 데리러 온 것이 아닐까? 어쩌면 그럴지도 모른다. 어쨌든 나는 어머니에게는 알리지 않은 이 소녀 덕에 여기에서 행복한 나날을 보내고 있었다.

잠깐, 조금 전 너는 우리 어머니를 알고 있는 듯 말했다. 어떻게 알았지? 네가 우리 어머니를 알 리 없잖아! 나는 그렇게 생각하며, 모래 속에 묻힌 채로 사람들의 표정을 하나하나 흘깃흘깃 훔쳐보았다. 아무래도 우리 어머니와 네 가족은 이미 오래전부터 알고 지낸 사이인 듯했다. 언제, 어떻게 그런 사이가 되었는지는 알 수 없었다. 그렇다면 속이려 했던 내가, 되레 어머니에게 속은 셈이었다. 나는 황급히 모래를 헤치고 일어섰다. 이번에는 반대로 내가 어머니의 거짓을 폭로하고 말 테다. 집으로 돌아가는 길, 나는 맨 뒤에서 넌지시 너를 떠보기로 했다.

"우리 어머니를 어떻게 아는 거야?"

"어떻게 아냐고요? 운동회 때마다 오셨잖아요. 그때마다 우리 어머니랑 함께 운동회를 구경하셨고요."

그런 사실을 전혀 모르고 있었다. 나는 초등학생 시절부터 어머니가 다른 사람들 앞에서 나에게 말을 거는 것조차 너무 부끄러워 언제나 어머니와는 뚝 떨어져 있었다.

이번에도 마찬가지였다. 우물가에서 모두가 몸을 씻고 난 뒤에도 나는 그곳을 떠나지 않고 계속 꾸물거렸다. 어머니 눈에 띄지 않는 곳에 있고 싶었기 때문이다. 우물가에 쭈그리고 앉으면 내 키만큼 자란 달리아 덕분에 별채 쪽에서는 이곳이 조금도 보이지 않았다. 하지만 그쪽의 말소리는 손에 잡힐 듯 또렷하게 들려왔다. 내가 보낸 봉봉 초콜릿 전보 이야기를 하고 있었다. 모두 큰 소리로 웃었다. 심지어 네 웃음소리도 들렸다. 나는 부끄러움을 떨쳐내려고 귀에 꽂아

둔 담배를 피웠다. 담배 연기로 몇 번이나 캑캑거리며 기침을 했는데, 그러다 보니 부끄러운 마음이 조금은 사라졌다.

잠시 뒤 누군가 내 쪽으로 다가오는 발소리가 들렸다. 바로 너였다.

"여기서 뭐 하고 있어요? 어머니께서 집으로 돌아가신다며 빨리 오래요."

"담배 마저 피우고…."

"아이, 참!" 너는 나와 눈을 맞추고 빙긋 웃었다. 순간, 별채 쪽이 갑자기 조용해진 것 같은 기분이 들었다.

어머니는 애써 봉봉 초콜릿이며 이것저것 챙겨왔는데도 자기와 제대로 말도 섞지 않으려는 아들의 모습을, 인력거에 앉은 채 몇 번이나 뒤돌아보면서 그곳을 떠났다. 마치 내가 당신 아들이 맞는지 확인이라도 하려는 듯한 표정으로 말이다. 어머니의 모습이 완전히 보이지 않게 되자, 나는 그래도 아들이라고, 내 귀에도 들릴까 말까 한 목소리로 중얼거렸다. "어머니, 정말 미안해요."

바다는 날이 갈수록 거칠어졌다. 매일 아침 바닷가로 떠밀려 오는 부유물의 양도 부쩍 늘었다. 바다에 들어가면 금세 해파리에 쏘였다. 그런 날이면 우리는 헤엄을 치는 대신, 바닷가에 널려 있는 예쁜 조개껍데기를 주우러 멀리까지 가곤 했다. 그렇게 주워 온 조개껍데기가 꽤 많았다.

그 마을을 떠나기 며칠 전이었다. 내가 캐치볼로 더러워진 손을 씻으러 우물가로 향했을 때, 네 어머니가 너를 꾸짖는 소리가 들렸다. 나와 관련 있는 일처럼 느껴졌다. 그 소리를 엿듣기에는 다소 용기가 필요했다. 소심한 나로서는 침울한 마음으로 발길을 돌리는 것 외에 다른 방법이 없었다. 한참 시간이 지난 뒤에야 나는 슬그머니 우물가에 가보았다. 우물가 한구석에 둘둘 말린 채 내팽개쳐져 있는 내 수영복이 눈에 띄었다. 가슴이 뜨끔했다. 평소에는 내가 수영복을 그곳에 벗어두면, 네가 네 오빠들 것과 내 것을 함께 물에 헹궈서 말리곤 했다. 아마 그래서 네가 어머니한테 꾸지람을 들은 모양이었다. 나는 소리 나지 않게 조심조심 수영복의 물기를 짜낸 뒤 빨랫줄에 널었다.

이튿날 아침, 나는 모래가 묻어 있어 까끌까끌한 수영복을 입고도 아무렇지 않은 듯 행동했다. 하지만 너는 어딘지 우울해 보였다.

마침내 여름방학이 끝났다.

나는 네 가족과 함께 그 마을을 떠나왔다. 기차에는 까맣게 탄 얼굴로 피서지에서 돌아오는 소녀들이 여러 명 타고 있었다. 너는 그 소녀들 한 명 한 명과 자신의 피부색을 비교했다. 그리고 나서는 누구보다 네가 까맣다는 사실에 만족했다. 나는 오히려 그 점이 조금 실망스러웠다. 하지만 네가 비스듬히 쓰고 있는, 붉은 체리 모양 장식이 달린 밀짚모자는 검고 천진난만한 네 얼굴에 아주 잘 어울렸다. 나는 더 이상 네 까만 피부색을 아쉬워하지 않았다. 만일 기차 안의 누군가가 내 얼굴에서 아쉬움이나 슬픈 기색을 읽어냈다면, 그것은 아직 마무리 짓지 못한 숙제 탓이었으리라. 어느 순간, 네 어머니와 네 오빠들이 다음 역에서 샌드위치를 살지 말지를 놓고 의논하는 소리가 내 귀에 들렸다. 그러자 신경이 날카롭게 곤두서는 듯한 기분이 들었다. 나 혼자만 소외되는 것 같아 불안했다. 이윽고 기차가 다음 역에서 멈추자, 나는 맨 먼저 플랫폼에 뛰어내려 샌드위치를 잔뜩 사 가지고 돌아왔다. 그러고는 너와 네 가족들에게 골고루 나누어주었다.

가을 학기가 시작되었다. 네 오빠들은 다른 지역에 있는 학교로 돌아갔고, 나는 기숙사로 돌아왔다.

나는 일요일마다 집에 와서 어머니를 만났다. 그 무렵부터 나와 어머니의 관계는 조금씩 틀어지기 시작했다. 서로 사랑하는 사람들이 그 사랑의 균형을 계속 유지하려면, 양쪽이 함께 성장해야만 하는데, 어머니와 자식 사이에서는 그것이 쉽지 않은 일인 듯했다.

기숙사에서는 어머니 생각을 거의 하지 않았다. 어머니는 언제나 변함없는 예전 그대로의 어머니일 거라고 믿었기 때문이다. 하지만 어머니는 나를 늘 불안하게 여겼다. 내가 기숙사에 머무는 일주일 동안 몰라보게 성장해 생판 다른 청년이 되어버리지 않을까 하고 걱정하는 것이 어머니의 일상이었다. 내가 기숙사에서 집으로 돌아오면, 어머니는 내게서 어릴 적 모습을 찾고 나서야 비로소 안심했다. 말하자면, 어머니는 내 안의 소년의 모습을 애써 지켜내고 있었다.

만약 내가 그런 소년의 모습이 어울리지 않는 나이가 되어서도, 여전히 그 모습으로 불행한 삶을 살고 있다면, 그것은 전적으로 어머니 책임이다.

어느 일요일이었다. 기숙사에서 집에 돌아와보니, 어머니는 여느 때의 둥글게 쪽진 머리가 아니라 한 가닥으로 묶어 틀어올린 머리 모양을 하고 있었다. 그게 내 눈에는 무척 낯설어 보여 어머니의 눈치를 살피며 넌지시 말했다.

"어머니한테는 그런 머리 모양, 전혀 어울리지 않아요."

그 뒤로 어머니가 머리를 그런 식으로 묶고 있는 모습을 한 번도 본 적이 없었다.

나는 기숙사로 돌아와서는 날마다 어른이 되기 위한 연습을 했다. 어머니 말을 듣지 않고 머리도 기르기 시작했다. 그렇게 하면 내 안의 소년의 모습이 감춰질 수 있을 것 같았다. 나는 또 어머니를 억지로 잊으려고, 좋아하지도 않는 담배를 피워 그 연기로 나 자신을 괴롭혔다. 이따금 기숙사 룸메이트 앞으로 여자 글씨로 쓰인 익명의 편지가 날아오곤 했다. 그때마다 모두가 부러워하며 편지를 받은 친구 주위를 에워쌌다. 그러면 당사자들은 얼굴을 붉히고, 반쯤 거짓말을 섞어가며 그 익명의 소녀에 대한 이야기를 자랑스레 늘어놓았다. 나도 그런 친구들 틈에 끼고 싶었다. 그래서 매일 혼자 속을 태우며, 어쩌면 네가 익명으로 내게 보낼지도 모르는 편지, 결코 받을 리 없는 편지를 기다렸다.

그러던 어느 날이었다. 교실에서 기숙사로 돌아와 보니 책상 위에 여성 취향의 자그마한 봉투가 놓여 있었다. 가슴을 두근거리며 봉투를 열자, 네 언니가 쓴 편지가 들어 있었다. 얼마 전 편지를 받고 싶은 마음에, 여학교를 졸업하고 영어 공부를 계속하고 있던 네 언니에게 영어로 된 책을 두세 권 보내줬는데, 그에 대한 감사 편지였던 것이다. 모든 면에서 성실한 네 언니는 누가 봐도 금세 알아볼 수 있게 봉투에 자기 이름을 떡하니 적어놓았다. 그래서인지 그 편지에 호기심을 보이는 친구는 별로 없었다. 그저 편지에 대해 가벼운 농담이 오가는 정도에서 그쳤을 뿐이다.

그 이후로도 나는 그런 편지라도 받고 싶어서 이따금 네 언니에게 여러 종류의 책을 보냈다. 그때마다 네 언니는 빠짐없이 답장을 보내왔다. 아아, 그 편지봉투에 네 언니 이름이 그렇게 버젓이 적혀 있지 않았더라면 얼마나 좋았을까!

익명의 편지는 끝내 오지 않았다.

또다시 일 년이 지나고 여름이 되었다.

나는 네 가족의 초대를 받고 다시 T마을을 찾았다. 마을은 작년 모습 그대로 아담하면서도 아름다웠다. 너를 비롯해 네 오빠들과 함께 보낸 지난여름의 추억이 마을 곳곳에서 배어 나왔다. 하지만 나는 그동안 얼마쯤 달라져 있었다. 그런 나를 대하는 네 가족의 태도 또한 작년 같지 않았다. 왠지 모르게 모두가 예민해진 것 같았다.

특히 놀란 것은 일 년 사이에 확 바뀐 네 모습이었다. 그야말로 몰라볼 정도였다. 무엇보다 얼굴이 우수에 가득 차 있었다. 너는 작년처럼 내게 격의 없이 말을 걸어오지도 않았다. 너를 그토록 순진무구하게 보이게 했던 붉은 체리 모양 장식이 달린 밀짚모자도 쓰고 있지 않았다. 너는 머리를 포도송이 모양으로 땋아 내리고 있었다. 한눈에 보아도 다

큰 처녀의 모습이었다. 너는 회색 수영복을 입고 바닷가에 나오기는 해도, 작년처럼 놀이에 끼워주지 않는다고 불평하지는 않았다. 우리를 귀찮게 따라다니지도 않고, 그저 어린 남동생의 놀이 상대가 되어주기만 했다. 나는 그런 너를 보면서 배신을 당한 것 같은 기분을 떨칠 수 없었다.

그 무렵 너는 일요일마다 언니와 함께 마을에 있는 작은 교회에 가곤 했다. 그런데 너는 나날이 언니를 닮아가는 듯 보였다. 네 언니는 나와 나이가 같았다. 언니에게서는 머리를 감은 직후에나 맡을 법한 조금은 불쾌한 냄새가 났지만, 언제나 상냥했고 수줍은 듯 다소곳한 모습이었다. 그런 모습으로 네 언니는 하루 종일 영어 공부를 하고 있었다.

어쩌면 너는 네 오빠들의 영향을 받고 자라다, 갑자기 그런 언니의 영향을 받아서 성격이 바뀌었을지도 모른다. 그렇다 하더라도 어떤 경우에서든 네가 나를 피하려는 듯 보이는 것은 대체 무슨 까닭에서일까? 나로서는 도무지 알 수 없는 일이었다. 혹시 언니가 남몰래 나를 마음에 두고 있다는 사실을 눈치채고, 네가 스스로 희생하려는 것은 아닐까? 이런 생각까지 들자, 불현듯 언니와 두세 번 주고받은 편지가 떠오르면서 얼굴이 화끈거렸다.

어느 날인가, 교회 앞에 있는 너희 자매를 마을 청년들이 지나가며 천박한 말투로 놀린다는 얘기를 들었다. 너희 자매가 그들을 혐오한다는 사실도 알게 되었다.

그 며칠 뒤 일요일이었다. 너희 자매가 찬송가 연습을 하는 동안, 나는 네 오빠들과 함께 교회 구석에 배트를 들고 숨어서 마을의 불량배 무리가 나타나기를 기다렸다. 그들은 우리가 숨어서 기다리는 줄도 모르고, 늘 그렇듯 흰 이를 드러내며 너희 자매를 놀리려고 건들건들 다가왔다. 이윽고 네 오빠들이 재빨리 창문을 열고 무서운 기세로 그들에게 달려들며 고함을 질렀다. 나도 따라 했다. 갑작스러운 공격에 녀석들은 당황하여 허겁지겁 줄행랑을 쳤다.

나는 마치 혼자서 녀석들을 쫓아낸 듯 의기양양했다. 그러면서 상이라도 받으려는 듯 네가 있는 쪽으로 고개를 돌렸다. 그런데 혈색이 좋지 않은 데다 야위어 보이는 한 청년이 너와 어깨를 나란히 하고 서 있었다. 청년은 겁먹은 표정으로 우리를 바라보고 있었다. 나는 왠지 모르게 불안했다.

네가 청년에게 나를 소개했다. 나는 짐짓 냉담한 표정을 지으며 고개를 살짝 끄덕였다.

청년은 마을에 있는 포목점 주인의 아들이었다. 그는 병으로 중학교를 중퇴하고, 이 시골에 틀어박혀 강의록으로 독학을 하고 있었다. 나이는 나보다 한참 위였다. 그는 나한테 학교생활에 대해 이것저것 물어보고 싶어 했다.

나는 청년이 네 오빠들보다 내게 더 호감을 가지고 있다는 사실을 금세 알아챘다. 하지만 나는 그에게 친밀감 같은 것이 좀처럼 들지 않았다. 만약 그가 내 경쟁 상대가 아니었다면, 나는 그를 거들떠보지도 않았을 것이다. 하지만 네가 청년을 마음에 들어 한다는 사실을 누구보다 먼저 알아차린 사람은 바로 나였다.

청년의 등장으로 나는 무슨 묘약이라도 먹은 듯 더 어려졌다. 그때까지 쓸쓸한 표정만 짓던 나는 다시금 예전처럼 쾌활한 소년으로 돌아가서 네 오빠들과 헤엄도 치고 캐치볼도 했다. 그렇게 행동하는 것은 고통을 잊기 위한 수단이었고, 나 또한 그런 사실을 잘 알고 있었다. 이제 아홉 살이 된 네 남동생도 그즈음에는 우리와 함께 어울리기 시작했다. 그 아이도 우리가 하는 것처럼 너를 따돌리려고 했다. 그래서 너는 우리와 떨어져 커다란 소나무 밑에 혼자 있곤 했다. 아니, 혼자가 아니었다. 네 곁에는 늘 그 청년이 있었다.

어느 날 나는 폴과 비르지니*처럼 커다란 소나무 밑에다

---

* **폴과 비르지니** 프랑스 작가 베르나르댕 드 생피에르(1737~1814)의 대표작이자 주인공 이름. 문명과 떨어진 섬에서 순수한 사랑을 키우지만, 문명이 끼어들고 슬픈 운명에 휘말려 목숨을 잃는다.

두 사람을 남겨두고 그 마을을 떠났다.

 마을을 떠나기 이삼일 전, 나는 혼자 유별나게 들떠서 평소답지 않은 행동을 했다. 내가 떠나고 나면 두 사람이 적막한 시골에서 얼마나 쓸쓸할지 알려주고 싶은, 바보 같은 생각에서였다. 그렇게 엉뚱한 짓을 하고 다닌 탓에 나는 지칠 대로 지친 나머지 남몰래 흐느끼며 마을 밖으로 발길을 돌렸다.

 가을이 되자 뜻밖에도 그 청년에게서 편지가 날아왔다. 편지를 읽어 내려가던 나는 시무룩해졌다. 편지 끝부분에는 네가 그 마을을 떠나넌 날, 인력기 위에서 자기를 바라보며 금방이라도 울음을 터뜨릴 듯한 표정을 지었다는 내용이, 마치 전원소설의 에필로그처럼 적혀 있었다. 물론 나는 그 소설 속 감상적인 주인공들이 무척이나 부러웠다. 그런데 청년은 어째서 너에 대한 사랑을 내게 고백한 것일까? 그 편지는 나에 대한 도전장 같은 것이었을까? 정말로 그렇다면, 편지의 효과는 기대 이상일 터였다.

 청년은 그 편지로 내게 마지막 펀치를 날린 셈이었다. 괴로웠다. 하지만 그 괴로움을 참을 수 없는 매력으로 느낀 것을 보면, 나는 아직 어린아이였던 듯하다. 어쨌거나 나는 너를 기꺼이 포기하기로 마음먹었다.

그 무렵부터 나는 굶주린 사람이 음식을 게걸스럽게 탐하듯, 시와 소설을 닥치는 대로 읽었다. 그리고 모든 스포츠를 멀리했다. 나는 점점 우수에 찬 소년이 되어갔다. 어머니는 그런 나를 지켜보며 걱정했다. 한편으로는 내 마음을 넌지시 들여다보려고 애썼다. 어머니는 마침내 내 마음 안에 있는 두 소녀를 발견했다. 하지만 두 소녀가 내게 어떤 영향을 끼쳤는지 어머니가 알기까지 너무 많은 시간이 걸렸다. 이미 늦은 것이다!

어느 날 나는 입학하기로 되어 있던 의학부를 포기하고 문학부에 지원하겠다며 어머니에게 호소하듯 말했다. 어머니는 내 말에 그만 말문이 막혀 입조차 떼지 못했다.

마치 그해 가을의 마지막 날처럼 느껴지던 어느 날이었다. 나는 친구와 함께 학교 뒤에 있는 좁은 비탈길을 오르고 있었다. 그때 비탈 위에서 가을 햇살을 받으며 나란히 걸어 내려오는 여학생 두 명이 눈에 들어왔다. 우리는 공기처럼 서로 스쳐 지나갔다. 그런데 그중 한 명이 너라는 생각이 불쑥 들었다. 스쳐 지나는 순간 땋아 내린 머리를 보았던 것이다. 가을 햇살을 받은 머리에서 희미하지만 익숙한 냄새가 풍겼다. 나는 그 냄새를 통해 밀짚모자를 떠올렸다. 갑자기 숨이 가빠졌다.

"왜 그래?"

"아무것도 아니야. 아는 사람 같았는데… 아니었어."

친구의 질문에 내가 대답했다.

다음 해 여름방학이 되자 나는 얼마 전부터 알고 지내던 유명한 시인을 따라 어느 고원에 갔다.

여름이 되면 더위를 피해 그곳에 모여든 피서객은 서양인 아니면 상류층 사람이 대부분이었다. 호텔 테라스에서는 언제나 서양인들이 영자신문을 읽거나 체스를 두고 있었다. 낙엽송이 우거진 숲길을 걷다보면 등 뒤에서 느닷없이 말발굽 소리가 들리곤 했다. 테니스코트 주변은 늘 사람들이 북적였는데, 마치 야외 무도회라도 열린 듯한 광경이었다. 테니스코트 바로 뒤편에 있는 교회에서는 피아노 소리가 끊이지 않고 흘러나왔다.

매년 여름을 그 고원에서 보내는 시인은 그곳에 있는 소녀 여럿과 알고 지내는 듯 보였다. 나는 시인에게 고개 숙여 인사를 하고 지나가는 소녀들을 보면서, 그 가운데 한 명이 언젠가는 내 연인이 될 것이라는 꿈에 젖었다. 그러면서 그 꿈을 이루려면 나 또한 하루빨리 유명한 시인이 되는 수밖에 없다고 생각했다.

그러던 어느 날이었다. 나는 평소처럼 시인과 함께 그곳 마을의 중심가를 걷고 있었다. 그때 건너편에서 소녀 대여섯 명이 왁자지껄하게 이야기를 나누며 우리 쪽으로 다가왔다. 그 가운데에는 테니스 라켓을 손에 든 소녀도 있었고, 양손으로 자전거를 미는 소녀도 있었다. 이윽고 소녀들은 잠시 걸음을 멈추고 우리에게 길을 비켜주었다. 그중 몇몇은 시인에게 고개 숙여 인사했다. 시인은 소녀들과 몇 마디 주고받았다. 나는 몇 걸음 떨어져 걷다가 나도 모르게 우뚝 멈추어 섰다. 시인이 나를 불러서 그 소녀들에게 소개해주지 않을까 은근히 기대했다. 그러는 동안 가슴이 마구 두근거렸지만, 아무렇지 않은 듯 근처 닭고기 가게에서 기르는 칠면조를 바라보았다.

하지만 소녀들은 내가 서 있는 쪽은 거들떠보지도 않고 다시금 큰 소리로 떠들며 시인에게서 멀어져갔다. 나도 소녀들 쪽을 쳐다보지 않으려고 애썼다.

나는 다시 시인과 나란히 걸었다. 그러면서 겉으로는 관심 없는 척 태연한 표정을 짓고, 속으로는 신경을 바짝 곤두세운 채 방금 만난 소녀들의 이름을 차례로 물어보았다. 나는 이름에 묘한 힘이 있다고 믿었다. 지금까지 낯설기만 했던 야생화도 이름을 알고 나면 친숙하게 다가오는데, 마찬가지로 소녀들도 내가 이름을 알기만 하면 그들 스스로 내게 다가올 것이라고 생각했다.

그렇게 삼 주쯤 머문 뒤, 나는 혼자서 그 고원을 떠났다.

집에 도착하자 어머니는 기다렸던 진짜 아들이 돌아오기라도 한 것처럼 행복한 표정을 지었다. 이는 내가 옛날처럼 활기 넘치는 소년의 모습을 띠어서였다. 하지만 내가 활기를 띤 것은 오로지 그곳에서 만난 소녀들의 마음을 사로잡기 위해 하루빨리 유명한 시인이 되어야겠다는 어린애 같은 야심에 불타 있었기 때문이다. 어머니는 그런 내 야심을 눈치채지 못하고, 그저 내 안에서 다시 부활한 소년에게 사랑을 쏟기에 정신이 없었다.

고원에서 돌아온 지 얼마 지나지 않았을 때였다. 나는 T마을에서 네 오빠들이 보낸 전보 한 통을 받았다. '봉봉 초콜릿.' 이 전보문은 일종의 암호였다.

나는 이번에는 아무런 기대도 하지 않았다. 그저 마음이 약한 탓에 네 오빠들의 초대를 거절하지 못하고 T마을을 방문했다. 이번이 세 번째 방문이었다. 내 일생에서 마지막이 될지도 모르는, 소년 시절의 추억으로 가득한 마을의 바다와 작은 강, 목장, 보리밭, 오래된 교회 등을 단 한 번이라도 좋으니 다시 보고 싶었다. 하지만 뭐니 뭐니 해도 그동안 만나지 못한 너를 보고 싶은 마음이 가장 컸다.

그런데 여태까지 그렇게도 아름답게, 마치 커다란 조개껍데기처럼 여겼던 바닷가 마을이 이제는 더없이 초라한 데다 답답할 정도로 좁게만 보였다. 그리고 예전에는 그토록 순진하게 보였던 내 연인도 지금은 한 사람의 낯설고 고집 센 소녀로 비쳤다. 또 작년보다 얼굴색이 더 나빠지고 몹시 수척해진 경쟁자를 보았을 때는 왠지 모르게 가엾다는 생각마저 들었다. 나는 점점 그를 피하려고 했다. 그는 그런 나를 이따금 슬픈 눈망울로 바라보았다. 나는 무언가 하고 싶은 말이 있는 듯하면서도, 작년과는 확연하게 달라진 그 눈빛에서 고통을 읽어냈다. 나는 그 반대였다. 나는 그 마을에서의 나날이 내 소년 시절의 마지막 시간이라는 생각에서인지 무척이나 쾌활하게 네 오빠들과 어울려 놀았다.

그 포목점 주인 아들은 그해 새로 지은 자그마한 별장에서 혼자 지내고 있었다. 그는 여름에 네 가족을 맞이하려고 그 별장을 마련한 것 같았다. 하지만 병 때문에 그렇게 할 수 없었던 모양이다. 네 가족들 중에서 여자들은 작년처럼 농가의 별채에서 지냈다. 네 오빠들과 나만 그 청년의 별장에서 묵었다.

어느 이른 아침이었다. 나는 화장실에 있었다. 자그마한 창문으로 우물가 풍경이 훤히 보였다. 이윽고 누군가가 우물가에 나타났다. 나는 무심코 창문을 내다보다가 얼굴이 창백한 청년을 주의 깊게 관찰했다. 청년은 이를 닦고 있었는데, 입가에 피가 조금 배어 나와 있었다. 그는 그 사실을 알아채지 못하는 것 같았다. 나는 그 피가 잇몸에서 나온 줄 알았다. 그런데 그가 갑자기 기침하면서 몸을 웅크렸다. 그러더니 우물가 수토에 핏덩이를 쏟아냈다.

그날 오후 나는 그 사실을 누구에게도 알리지 않고 홀연히 T마을을 떠났다.

***

지진! 이것이 사랑의 질서마저 뒤흔들어 놓는 모양이다.

나는 모자도 쓰지 않고 조리를 신은 채 기숙사를 뛰쳐나와 집으로 달려갔다. 집은 이미 불타고 있었다. 부모님이 어디에 있는지 알 길이 없었다. 어쩌면 친척집으로 몸을 피했을

지도 모른다는 생각에 나는 피난 행렬에 섞여 교외에 있는 Y마을로 향했다. 얼마쯤 걷다가 문득 내려다보니 맨발이었다.

나는 피난민들 틈에서 뜻밖에도 네 가족을 만났다. 우리는 흥분한 나머지 아플 정도로 어깨를 힘껏 두드리며 서로 격려했다. 네 가족은 지칠 대로 지쳐 있었다. 나는 그곳에서 멀지 않은 Y마을까지 가면 하룻밤 정도는 어떻게든 지낼 수 있을 거라며 네 가족을 억지로 끌고 갔다.

Y마을 들판 한가운데에는 커다란 천막이 쳐져 있었다. 그리고 천막 옆에는 장작불이 활활 타오르고 있었다. 밤이 되자 사람들이 밥을 지어 먹기 시작했다. 그때까지도 우리 부모님은 그곳에 나타나지 않았다. 그럼에도 나는 주위의 생기 넘치는 분위기에 휩쓸려서 마치 네 가족과 캠핑이라도 하는 듯 마음이 들떠 있었다.

나는 천막 한구석에서 네 가족과 함께 누웠다. 천막 안이 너무 좁아서 몸을 뒤척이면 내 머리가 누군가의 머리에 부딪혔다. 그래서 우리는 좀처럼 잠들지 못했다. 이따금 꽤 강한 여진이 땅을 흔들었다. 그럴 때마다 비명과 울음소리가 들렸다. 웃는 듯 이상한 소리를 내며 우는 사람도 있었다. 깜빡 잠들었다가 문득 눈을 떠 보니 누구 것인지 모르겠는 헝클어진 여자 머리카락이 내 뺨에 닿아 있었다. 꿈결처럼 은은한 향기가 코를 자극했다. 그 향기는 내 코 앞에 있는 머리카락이 아니라, 기억 속에서 아련하게 풍겨 나오는 것 같았다. 그랬다. 그것은 머리카락의 향기가 아니었다. 바로 네 향기였다. 태양의 향기였다. 밀짚모자의 향기였다. 나는 자는 척하며 머리카락 속에 뺨을 묻었다. 너는 조금도 움직이지 않았다. 너 또한 자는 척했던 것은 아닐까?

다음 날 이른 아침 나는 아버지가 도착했다는 소리에 잠에서 깼다. 어머니는 아버지를 놓친 모양이었다. 어머니의 행방을 아는 사람은 아무도 없었다. 우리 집 근처에 있는 강둑으로 피한 사람들은 모두 강물로 뛰어들었다는데, 어쩌면 어머니도 그랬을지 모른다.

아버지에게 그런 슬픈 이야기를 듣는 동안, 나는 비로소 잠에서 완전히 깼다. 언제부터인지 내 눈에서는 눈물이 흘러내리고 있었다. 하지만 그 눈물은 어머니를 잃은 슬픔 때문에 흘린 것이 아니었다. 어머니를 잃은 슬픔은 그처럼 갑작스럽게 흐르는 눈물에 비할 수 없을 만큼 감당하기 벅찬 감정 아닌가! 나는 단지 잠에서 깨어 지난밤 일을 떠올렸을 뿐이다. 내가 더 이상 사랑하지 않으리라고 생각한 너, 더는 나를 사랑하지 않으리라고 여긴 너와 그 알쏭달쏭한 애정 어린 접촉을 떠올렸기 때문에 눈물을 흘린 것이다.

그날 정오 무렵, 너희 가족은 짐마차 하나에 몸을 실었다. 마치 가축처럼 모두 마차 위에 올라타더니, 덜컹이며 어디인지 모를 시골 마을로 떠났다.

나는 마을 어귀까지 따라 나가, 점점 멀어져 가는 너희 가족의 뒷모습을 지켜보았다. 마차 바퀴 뒤로 흙먼지가 뿌옇게 일었다. 그 먼지가 눈에 닿을 듯하여 나는 눈을 지그시 감은 채 속으로 중얼거렸다.

"아아, 네가 나를 향해 돌아봤는지 말해줄 누군가가 있었으면 좋을 텐데…."

당장 달려가서 확인하고 싶었지만 그러지 못했다. 왜인지 모르게 두려웠기 때문이다. 먼지가 모두 가라앉고도 한참 동안, 나는 그 자리에 우두커니 서서 눈을 감고 있었다.

작은 집

The Cottagette

샬럿 퍼킨스 길먼(Charlotte Perkins Gilman, 1860~1935)

미국 코네티컷 출신. 작가이자 사상가로 여성의 삶을 규정짓는 제도와 역할을 날카롭게 비판했다. 《누런 벽지》를 비롯해 《허랜드》, 《여성과 경제》 등에서 결혼, 가사노동, 육아 문제를 주제로 한 작품을 발표했다. 잡지 《선구자》를 직접 창간해 다양한 글을 실었으며, 간결하고 힘 있는 문체로 미국 사회의 구조적 모순을 드러냈다.

─

"왜 안 된다는 거죠?" 포드 매슈스 씨가 말했다. "그냥 집이라 하기엔 너무 작고, 오두막이라 하기엔 너무 예쁘고, 시골집이라고 하기엔 너무 독특하잖아요."

"그럼 '작은 집'으로 하죠, 마땅히." 로이스가 현관 의자에 앉으며 말했다. "하지만 겉보기보다 훨씬 넓어요, 매슈스 씨. 말다, 너는 어때?"

나는 그 집이 정말 마음에 들었다. 마음에 든다는 말로는 부족할 정도였다. 나무 그늘에 가려 숨어 있는 듯한, 칠하지 않은 나무로 지어진 작고 단정한 집이 숲 너머로 살짝 모습을 드러내고 있었다. 주변 다른 집이라고는 멀리 점처럼 보이는 몇 채의 농가와 골짜기 깊숙이 흐르는 개울가에 모여 있는 작은 마을이 전부였다.

집은 잔디 위에 자리 잡고 있었고, 도로는커녕 오솔길조차 없었다. 집 뒤편으로 숲이 가까이 있어서 뒤쪽 창에는 나무 그림자가 드리워져 있었다.

"식사는 어떻게 하죠?" 로이스가 물었다.

"걸어서 2분도 안 걸려요." 매슈스가 대답하며 나무 사이에 숨어 있던 조그마한 오솔길을 가리켰다. 그 길을 따라가면 식사를 내는 곳에 닿았다.

우리는 집 안 구석구석을 살피며 감탄을 쏟아냈고, 로이스는 입고 있던 살랑이는 얇은 원피스를 조심스레 들어 올렸지만 그럴 필요가 없었다. 먼지 하나 없이 깨끗했으니까. 결국 우리는 이 집을 빌리기로 했다.

그해 여름, 나는 산 중턱에 자리한 하이코트에서 처음으로 삶의 참된 기쁨과 평화를 느꼈다. 가는 길은 어렵지 않았지만 막상 도착하고 나면 세상과는 이상하리만치 동떨어진 듯한, 넓고도 고요한 곳이었다.

그 중심에는 카스웰이라는 이름의 괴짜 여성이 있었다. 음악에 깊이 빠져 있던 그녀는 해마다 여름이면 하이코트에 음악학교를 열었고, 그곳에서는 단지 음악뿐 아니라 삶의 '더 높고 고상한 무엇'에 대해서도 가르쳤다. 나도 음악을 좋아하긴 했지만, 굳이 마음을 열 정도는 아니었다.

그런데 이 작은 집에 대해서만큼은 망설임 없이 마음을 활짝 열 수 있었다. 집은 작고 새로웠으며 깨끗했다. 막 깎아낸 나무의 향이 은은하게 배어 있었고, 칠하지 않은 자연 그대로의 모습이 오히려 더 단정하고 산뜻해 보였다.

작은 집 안에는 큰 방 하나와 작은 방 두 개가 있었다. 밖에서 볼 때는 꽤 비좁아 보여 이 모든 공간이 들어 있을 거라 상상하기 어려웠지만, 막상 안에 들어서면 생각보다 훨씬 여유로웠다. 그중에서도 가장 놀라웠던 건 욕실이었다. 산속 샘물에서 끌어온 물이 나오는, 진짜 욕실이 그 안에 있었던 것이다.

창문을 열면 짙은 그늘 아래, 갈색을 띤 부드러운 흙과 꽃들이 반짝이는 고요한 숲이 펼쳐졌다. 새들이 지저귀며 살아가는 그 숲은 말 그대로 생명력 넘치는 풍경이었다. 시선을 멀리 두면 강 너머 여러 마을과 도시들이 한눈에 들어왔고, 아래로 길게 뻗어 펴지는 풍경은 마치 거대한 지붕 위에 앉아 있는 듯한 느낌을 주었다.

잔디는 현관 계단과 집 벽 바로 아래까지 자라 있었다. 단순히 잔디뿐만이 아니었다. 한곳에 그렇게 피어 있을 거라고는 상상도 못 했던 온갖 들꽃이 길게 늘어서, 마치 조용한 행진을 벌이는 듯 피어 있었다.

들판을 가로질러 한참을 걸어야 큰길이 나왔고, 그 풀밭엔 우리가 오가며 남긴 좁고 희미한 길이 있었다. 숲 가장자리에는 우리가 식사를 하러 다니던, 햇살이 밝고 품이 넉넉한 작은 오솔길도 있었다.

우리는 음악을 사랑하는 사색가들과 사색을 사랑하는 음

악가들이 머무는 그들의 공동 숙소에서 함께 식사했다. 그들은 그곳을 '여관'이라 부르지 않았다. '여관'이라는 말은 고상하지도, 음악적이지도 않다고 여겼기 때문이다. 대신 그곳을 '칼케올라리아'라 불렀다. 들판에 흔히 피어 있는 꽃 이름이었다. 사실 음식만 좋다면 이름이야 무엇이든 상관없었다. 다행히 음식은 훌륭했고 가격도 적당했다.

사람들도 제법 흥미로웠다. 적어도 몇몇은 그랬고, 전체적으로 봐도 여름 휴양지에서 흔히 만나게 되는 사람들보다는 훨씬 나았다. 하지만 아무도 흥미롭지 않다 해도 상관없었을 것이다. 포드 매슈스가 그곳에 있었으니까. 그는 기자였거나 기자이다. 지금도 잡지에 글을 쓰고 있으며 언젠가는 책을 쓸 계획이라고 했다. 그는 하이코트에 아는 사람이 있고, 음악을 좋아하며, 이곳을 무척 마음에 들어 했다. 그리고 우리를 좋아했다. 로이스도 그를 좋아했다. 그건 어쩌면 당연한 일이었다. 나 역시 그랬다.

저녁이면 그는 우리의 작은 집 현관에 들러 함께 이야기를 나누었고, 낮에는 함께 산책을 하곤 했다. 우리 집에서 조금 떨어진 바위 절벽이 많은 움푹한 곳에 그의 작은 동굴 작업실이 있었는데, 가끔 우리를 그곳에 초대해 집시풍 다과회를 열기도 했다.

로이스는 나보다 훨씬 나이가 많았지만, 그렇게 보이지 않았다. 서른다섯이라 해도 열 살은 더 어려 보였으니, 굳이 나이 이야기를 꺼내지 않으려는 그녀를 탓할 수는 없었다. 나라도 그랬을 것이다. 우리는 함께 지내기에 안정적이고, 또 합리적인 조합이었다.

로이스는 피아노를 아주 잘 쳤고, 우리 큰 방 한쪽에는 피아노 한 대가 놓여 있었다. 주변 집들에도 피아노가 몇 대 있었지만, 거리가 멀어 소리가 뒤섞일 일은 없었다. 바람이 방향을 잘 타면 이따금 다른 집에서 흘러나오는 음악이 아스라이 들려오기도 했지만, 대부분은 아주 조용했다. 마치 축복처럼 깊고 고요한 침묵이었다.

칼케올라리아까지는 걸어서 이 분이면 닿을 정도였고, 우비와 장화만 챙기면 비 오는 날에도 전혀 불편할 게 없었다.

우리는 포드와 자주 어울렸다. 그리고 나는 점점 그에게 마음이 끌렸다. 피하려 해도 소용없었다. 그는 '큰 사람'이었다. 키나 덩치가 크다는 뜻이 아니라 시야가 넓고 뜻이 분명했으며, 자기만의 목표와 내면의 힘을 지닌 사람이었다. 무언가를 이루고자 하는 단단한 의지가 있었다. 내 눈에는 이미 많은 걸 이룬 사람처럼 보였지만, 그는 웃으며 고개를 저었다.

"지금은 미끄러운 얼음 절벽에서 간신히 발 디딜 자리를 찾는 중이에요." 아직도 갈 길이 멀다고 했다.

놀랍게도 그는 내 일에도 관심을 보였다. 문학 하는 남자들에게선 좀처럼 보기 드문 반응이었다.

내 일이 대단한 건 아니다. 나는 자수를 놓고 자수 도안을 디자인한다. 정말 아름다운 작업이다. 꽃과 잎, 그리고 주변의 사물들을 찬찬히 들여다보며 도안으로 옮기고, 때로는 단순하게, 때로는 있는 그대로, 부드러운 비단실로 수를 놓는다. 이곳은 그런 작은 아름다움으로 가득했다. 그뿐만이 아니었다. 사람을 단단하게 만들고, 무언가 아름다운 일을 해낼 수 있도록 북돋아주는 넉넉한 기운도 있었다.

함께 사는 친구, 햇빛과 그늘이 어우러진 마법 같은 땅, 끝없이 펼쳐지는 풍경, 그리고 아기자기한 편안함을 주는 작은 집. 우리는 일상의 사소한 일들에 신경 쓸 필요도 없었다. 나무 사이로 징 소리가 부드럽게 울려 퍼지면, 슬리퍼만 신고 칼케올라리아로 향하면 그만이었다.

그곳에서 지내는 동안, 내 마음에도 어느새 작지만 분명한 변화가 일고 있었다. 로이스가 나보다 먼저 눈치챘던 것 같다. 우리는 서로를 깊이 신뢰하는, 오랜 친구 사이다.

"말다, 이 문제에 관해 피하지 말고 이성적으로 생각해보자." 그녀가 말했다.

음악을 좋아하는 사람이 이렇게 이성적일 수 있다니. 이런 점이 로이스의 매력이기도 하다.

"너, 포드 매슈스 씨 사랑하지?"

나는 그렇다고, 아니 그럴지도 모른다고 말했다.

"그 사람도 널 사랑하는 것 같아?"

그건 나도 잘 몰랐다.

"그 정도는 아닌 것 같아." 내가 말했다. "그는 남자고, 서른 살쯤 됐을 거야. 나보다 인생 경험도 많고, 아마 사랑도 해봤겠지. 그러니까⋯ 그냥 호감일지도 몰라."

"그 사람이랑 결혼하는 건 어때? 괜찮을 것 같아?"

우리는 사랑이나 결혼 이야기를 자주 나눴고, 로이스는 내 생각을 정리할 수 있게 도와주었다. 자기 생각이 분명한 사람이었으니까.

"그가 날 사랑한다면, 괜찮지." 내가 말했다. "가족 얘기도 해줬어. 서부 농장에서 자란 사람들이래. 아주 전형적인 미국인들. 건강하고 바르게 살아온 게 느껴져."

포드의 눈은 소녀처럼 맑았다. 흰자까지 투명할 만큼. 대부분 남자들의 눈은 가까이서 보면 그렇지 않다. 나를 바라볼 때 인상적일지 몰라도, 내가 그들의 눈을 하나의 얼굴 일부로 바라보면 그저 그랬다. 나는 그의 외모도 좋았지만, 사실 그 사람 자체가 더 좋았다.

그래서 로이스에게 말했다. 만약 우리가 결혼하게 된다면, 정말 괜찮은 결혼이 될 거라고.

"그 사람, 얼마나 사랑해?" 로이스가 물었다.

그건 나도 딱 잘라 말하긴 어려웠다. 많이, 꽤 많이. 하지만 그를 잃는다고 죽을 것 같지는 않았다.

"그 사람을 얻기 위해 뭔가 해볼 만큼 사랑하긴 해? 노력해볼 정도로?"

"그야… 응, 아마 그렇지. 내가 납득할 수 있는 일이라면. 그런데 왜?"

로이스는 젊은 시절 불행한 결혼을 했고, 그 일은 이미 몇 년 전에 끝났다. 나에게도 오래전에 그 이야기를 들려준 적이 있었는데, 그녀는 그 고통을 후회하지 않았다. 그 덕분에 삶에서 정말 중요한 것을 배웠다고 했다. 지금은 예전 성을 쓰며 혼자, 자유롭게 살고 있었다. 그녀는 나를 진심으로 아꼈고 자신이 겪었던 아픔을 내가 겪지 않기를 바랐다. 그래서 그 경험을 내게 들려주려 했던 것이다. 그리고 마침내 로이스는 자신이 생각한 계획을 털어놓았다.

"남자들은 음악 좋아하잖아, 대화가 잘 통하는 사람도 좋아하고, 물론 아름다움도 좋아하고."

"그럼 너를 좋아해야지!" 내가 웃으며 말했다.

실제로 많은 남자들이 로이스를 좋아했다. 진지하게 결혼하고 싶어 한 사람들도 있었다. 하지만 그녀는 늘 웃으며 말했다. "한 번이면 충분해요."

생각해보면, 그 남자들이 정말 좋은 남편감이었는지는 잘 모르겠다.

"바보 같은 소리 하지 마, 말다. 지금 이건 꽤 진지한 얘기야. 남자들이 정말로 원하는 건 결국 '가정적인 여자'야. 반할 땐 누구에게나 반할 수 있지. 하지만 결혼하고 싶은 여자는 달라. 가정을 꾸릴 줄 아는 여자야. 지금 우리는 너무 낭만적인 방식으로 살고 있잖아. 사랑에 빠지기엔 좋을지 몰라도 결혼까지 생각하게 하진 않거든. 내가 너라면, 그 사람을 진심으로 사랑하고 결혼하고 싶다면 이곳을 '진짜 집'으로 만들 거야."

"집을 만들라고? 여긴 원래 집이야. 내 인생에서 이보다 행복했던 적이 없는데. 무슨 소리야, 로이스?"

"사람이 열기구 안에서도 행복할 수는 있겠지." 로이스가 조용히 말했다. "하지만 그건 '집'이 아니잖아. 포드는 여기 와서 우리랑 지내면서 조용하고 아늑한 분위기를 즐기고 있어. 그런데 칼케올라리아에서 징 소리가 울리면 우린 빗속 숲길을 헤치고 나가야 하잖아. 그 순간 마법이 스르르 깨져 버리는 거지. 너, 요리할 줄 알잖아."

나는 요리를 꽤 잘했다. 엄마가, 요즘 말로 하자면 모든 '살림의 기술'을 내게 철저히 가르쳤고, 나는 그것이 싫지만은 않았다. 다만 요리를 하면 자수 놓을 시간이 줄어들고, 무엇보다 손이 지저분해져서 싫었다. 자수를 하려면 손이 예뻐야 하니까. 그래도 그게 포드 매슈스를 기쁘게 할 수 있는 일이라면 한 번쯤은 해볼 만하다고 생각했다.

로이스는 조금 더 부드러운 목소리로 말을 이었다.

"카스웰 선생님이 우리한테 부엌 하나 붙여주겠다고 했잖아. 이 근처에 직접 살림하면서 지내는 사람들도 많고, 우리도 마음만 먹으면 그렇게 할 수 있어."

"하지만 우린 그런 걸 원한 적 없잖아. 이 집의 가장 좋은 점은 살림이 전혀 필요 없다는 건데. 그래도 네 말이 맞다면, 비 오는 밤엔 아늑할지도 모르겠네. 맛있는 저녁을 만들고 그 사람을 초대해서 함께 머무를 수도 있고…."

"그 사람이 그러더라. 열여덟 이후로 진짜 '집'이라는 걸 느껴본 적이 한 번도 없었다고."

그렇게 우리는 '작은 집'에 작은 부엌을 하나 덧붙였다. 며칠 지나지 않아 사람들이 와서 금세 지어주었다. 창 하나에 싱크대 하나, 문 두 개가 달린 아담한 부엌이었다. 그리고 요리는 내가 맡았다.

우리는 좋은 재료로 요리했다. 우유와 채소는 신선했지만, 과일이나 고기는 시골이라 쉽게 구할 수 없었다. 그래도 나름 잘 해냈다. 가진 게 적을수록 더 많은 지혜와 정성이 필요했지만, 결국 중요한 건 시간과 마음을 어디에 어떻게 쓰느냐였다.

로이스도 살림을 좋아하긴 했다. 하지만 손이 거칠어지면 피아노 연습을 할 수 없어 내가 흔쾌히 나섰다. 내 마음이 닿는 일이었으니까. 포드는 분명 좋아했다. 자주 들렀고, 내 요리를 정말 맛있게 먹었다. 나도 기뻤다. 비록 내 작업에는 제법 방해가 되었지만.

나는 오전에 집중이 가장 잘되는 편인데, 살림은 으레 오전에 몰려 있으니까. 아무리 작은 부엌이라도 할 일은 끝이 없었다. 잠깐 들어갔다가도 이것저것 눈에 띄는 바람에, 그 '잠깐'이 한 시간을 훌쩍 넘겨버리기 일쑤였다.

막 작업하려고 책상 앞에 앉으면, 아침의 맑은 기운은 벌써 사라져 있었다. 예전에는 눈을 뜨면 방 안에 나무 향기만 가득했는데, 이젠 눈을 뜨는 순간부터 부엌이 먼저 나를 부르는 기분이었다. 기름 스토브는 어디에 두든 특유의 냄새를 풍겼고, 비누 냄새나 음식 냄새가 방 안의 공기를 바꿔 놓았다. 원래는 침실과 거실뿐인, 작고 깔끔한 집이었는데 말이다.

우리는 빵도 직접 구웠다. 동네에서 파는 빵은 별로 마음에 들지 않았고, 포드는 내가 만든 통밀빵, 갈색빵, 특히 따끈한 롤이나 잼빵을 아주 좋아했다. 그를 위해 요리하는 건 즐거운 일이었지만, 집 안은 금세 후끈해졌고 나도 덩달아 지쳤다. 빵 굽는 날엔 작업에 거의 손을 대지 못했다.

게다가 막 작업을 시작하려 하면, 누군가가 꼭 무언가를 들고 찾아왔다. 우유나 고기, 채소이거나 아이들이 직접 따온 딸기일 때도 있었다. 하지만 나를 가장 괴롭게 했던 건, 들판 위에 자꾸만 남는 바퀴 자국이었다. 어느새 그 길은 선명해졌고, 작은 오솔길처럼 되어 버렸다. 그렇게 될 수밖에 없다는 걸 알면서도 나는 그게 싫었다. 더는 세상의 가장자리에 살고 있다는 기분이 들지 않았다. 이제 우리 집도 줄지어 늘어선 여러 별장 중 하나에 불과할 뿐이라고 느껴졌다. 그래도 나는 이 남자를 정말 사랑하고, 그를 위해 이보다 더 많은 일도 할 수 있을 거라 생각했다.

예전처럼 자주 소풍을 나갈 수는 없었다. 식사를 준비하려면 누군가는 집에 남아 있어야 했고, 배달되는 물건도 받아야 했기 때문이다. 가끔은 로이스가 남겠다고 했지만, 대부분은 내가 남았다. 그녀의 여름을 내 일 때문에 망치게 하고 싶지 않았다. 그리고 무엇보다 포드는 이 변화가 무척 마음에 드는 눈치였다.

그는 자주 우리 집에 들렀고, 로이스는 누군가 연세 지긋한 분이 함께 있으면 집이 더 안정돼 보일 거라고 했다. 그러면서 자신의 어머니가 오면 어떻겠느냐고, 집안일도 거들 수 있을 거라고 제안했다. 맞는 말이었고, 결국 그녀의 어머니인 포울러 부인이 왔다. 솔직히 나는 그분을 그다지 좋아하진 않았지만, 포드 매슈스가 칼케올라리아보다 우리 집에서 식사하는 일이 점점 더 잦아진 건 사실이었다.

다른 손님들도 가끔 들렀다. 제법 여러 명이 오긴 했지만 반갑지 않았다. 일이 훨씬 많아졌기 때문이다. 함께 저녁을 먹고 나면 음악 시간이 이어졌고, 몇몇은 설거지를 도와주겠다고 나섰지만, 낯선 사람이 부엌에 들어오는 건 오히려 더 번거로웠다. 어차피 어디에 뭐가 있는지 제대로 아는 사람은 나뿐이었고 그래서 혼자 하는 게 훨씬 나았다.

포드는 설거지를 돕겠다고 말한 적이 한 번도 없었다. 나는 가끔 그랬으면 좋겠다고 생각하곤 했다.

그래서 포울러 부인이 왔다. 그녀는 로이스와 방을 함께 썼고, 정말로 집안일을 많이 도와주었다. 실용적인 성격의 노년 여성이었다.

그 무렵부터 집이 점점 시끄러워지기 시작했다. 부엌에 누가 하나 더 있으면, 이상하게도 내 움직임보다 남의 움직임이 더 크게 느껴지기 마련이다. 게다가 우리 집 벽은 그냥 나무판이 전부였다. 포울러 부인은 바닥을 자주 쓸고 먼지도 끊임없이 털어냈다. 사실 나는 원래 깨끗한 곳이라서 굳이 그렇게까지 할 필요는 없다고 생각했다.

요리는 여전히 주로 내가 맡았지만, 포울러 부인 덕에 밖에 나가 그림을 그리거나 산책을 하는 시간이 더 많아졌다.

포드는 여전히 집에 자주 들렀고, 우리 사이는 점점 더 가까워지고 있다는 느낌이 들었다. 한여름의 고된 집안일이나 소음, 먼지, 냄새, 끝없는 식단 고민 같은 것도, 그게 평생의 사랑과 바꿀 수 있는 거라면 별일 아니라고 생각됐다. 어차피 그와 결혼하게 된다면 이런 삶은 앞으로도 계속될 테니, 지금부터 익숙해지는 것도 나쁘지 않을 것 같았다.

로이스는 나를 다정하게 위로했다. "포드가 네 요리 정말 좋아한대." 그녀는 항상 그렇게 따뜻하게 말해줬다.

어느 날 아침, 포드가 일찍 찾아와 말했다.

"말다, 휴스 봉우리에 같이 가지 않을래요?"

그곳은 하루 종일 걸리는 멋진 등반 코스였다. 하지만 나는 망설였다. 그날은 월요일이었고, 포울러 부인이 값이 덜 든다며 외부 일꾼을 부르기로 했기 때문이다. 그런데 그런 사람을 부르면, 오히려 내 일이 더 많아질 게 뻔했다.

"그런 건 신경 쓰지 마세요. 빨래든 다림질이든 그게 우리랑 무슨 상관인가요? 오늘은 걷는 날이에요. 진짜 걷는 날."

포드가 웃으며 말했다.

정말 그랬다. 밤새 비가 내려서 아침 공기는 시원하고 상쾌했으며, 하늘도 맑았다.

"어서 갑시다! 휴스 봉우리에서는 패치 마운틴까지 다 보일 거예요. 오늘보다 좋은 날은 없을걸." 그가 말했다.

"다른 사람도 같이 가요?" 내가 물었다.

"아니, 아무도 없어요. 딱 우리 둘이에요. 가요."

나는 기쁜 마음으로 따라나서다 한마디 덧붙였다.

"잠깐만요, 도시락 좀 쌀게요."

"그냥 편한 옷으로 갈아입기나 하세요. 도시락은 내가 다 챙겼어요. 여자들이 샌드위치 몇 개 싸는 데 몇 시간씩 걸리는 거 다 아니까."

우리는 십 분 만에 출발했다. 발걸음은 가볍고 마음은 들떠 있었다. 날씨도 이보다 좋을 수 없을 만큼 완벽했다. 그가 준비한 점심 도시락은 정말 훌륭했다. 전부 그가 직접 만든 것이었다. 솔직히 말하면, 내가 만든 음식보다 더 맛있게 느껴졌다. 아마 산을 오른 후여서 그랬는지도 모르겠다.

하산할 무렵, 우리는 샘물 근처 넓은 바위턱 앞에 멈췄고, 거기서 차를 끓여 저녁을 먹었다. 그는 야외에서 차를 끓이는 걸 좋아했다. 우리가 앉아 있는 동안, 둥근 해가 세상 끝자락으로 지고, 반대편에선 둥근달이 떠올랐다. 고요한 하늘 아래, 해와 달이 마치 서로를 비추는 듯 마주 떠 있었다.

그리고 그는 내게 청혼했다.

우리는 정말 행복했다.

"하지만 조건이 있어요." 그가 갑자기 허리를 펴고 진지한 얼굴로 말했다. "요리는 안 돼."

"뭐라고요? 요리를 하지 말라고요?" 나는 놀라 되물었다.

"그래요. 날 위해서라도 요리는 그만둬요." 그가 단호하게 말했다.

나는 말문이 막혀 그를 바라보기만 했다.

"당신이 요리를 시작한 뒤로 로이스와 대화할 일이 많아졌어요. 그 덕분에 자연스럽게 당신 이야기를 많이 들었죠.

어떻게 자랐는지, 얼마나 가정적인 사람인지, 그런 것들 말이에요. 하지만 말다, 당신은 그런 모습에만 머물 사람이 아니에요. 내가 당신을 사랑하는 이유는, 당신 안에 있는 더 깊고 넓은 무언가 때문이에요." 그러고는 의미심장한 미소를 지으며 덧붙였다. "눈앞에 펼쳐진 그물에 새가 그리 쉽게 걸려들 리 없잖아요." 그가 말을 이었다.

"여름 내내 지켜봤지만, 요리는 당신과 어울리지 않아요. 물론 맛은 있어요. 하지만 내 요리도 괜찮잖아요? 나 요리 잘해요. 아버지가 요리사였고, 나도 한때 그걸로 생계를 이어간 적이 있죠."

"아, 그래서 차도 직접 끓이고 도시락도 그렇게 잘 싸셨군요!" 내가 말했다.

"그 이유가 전부는 아니에요." 그는 웃으며 말을 이었다. "당신이 요리를 시작한 뒤로 당신의 아름다운 작업이 점점 줄었고, 솔직히 예전 같지 않았어요. 당신 작품은 놓치기엔 아까운 정말로 독창적인 예술이에요. 그걸 포기하게 하고 싶진 않아요. 나도 글을 쓰기 위해 오랜 시간을 들였는데, 어느 날 갑자기 내가 요리사로 돌아선다면, 당신은 날 어떻게 보겠어요?"

나는 너무 행복해서 생각이 잘 정리되지 않았다. 그저 그를 바라보며 물었다.

"그럼… 정말 저를 원하세요? 결혼하고 싶으신 거예요?"

"말다, 나는 당신을 정말 사랑해요. 당신은 젊고, 강하고, 아름다워요. 야생화처럼 싱그럽고 자유롭고, 은은한 향기를 지녔고, 어디에도 얽매이지 않는 사람이죠. 무엇보다 당신은 진짜 예술가예요. 세상의 아름다움을 보고, 그걸 나누는 사람. 이성적이고 도덕적이고, 진정한 우정을 아는 사람. 나는 그런 당신을 사랑해요. 당신의 요리 실력에도 불구하고 말이에요."

"그럼, 앞으로 어떻게 살고 싶어요?"

"우리가 처음 이곳에서 지냈을 때처럼요. 그때는 정말 고요했고 완전한 평화가 있었어요. 나무 향기, 꽃 냄새, 부드럽고도 거친 바람, 그리고 섬세한 옷차림에 하얗고 단단한 손으로 정직하고 정교한 작업을 해내던 당신. 나는 그때의 당신을 사랑했어요. 그런데 당신이 부엌에 들어가기 시작했을 때, 솔직히 마음이 흔들렸어요. 요리가 어떤 일인지, 얼마나 많은 걸 요구하는지 알거든요. 야생화 같은 당신이 부엌에 있는 게 싫었어요. 하지만 로이스가 그러더군요. 당신은 원래 그런 환경에서 자랐고, 그걸 사랑한다고. 그래서 나도 스스로에게 물었어요. '내가 정말 이 여자를 사랑한다면,

요리하는 모습까지도 사랑할 수 있을까?' 그리고 지금, 나는 답할 수 있어요. 방금 그 조건은 철회할게요. 나는 당신을 사랑해요. 당신이 평생 내 요리사로 살아간다고 해도, 나는 당신을 사랑할 거예요."

"그럴 생각이 없어요!" 내가 외쳤다. "요리하고 싶지 않아요. 그림을 그리고 싶어요! 로이스가 오해한 거예요."

"사랑하는 말다." 그가 다정하게 말했다. "남자의 마음이 꼭 음식 하나로 움직이는 건 아니에요. 물론 먹는 게 중요할 때도 있지만, 그게 전부는 아니죠. 로이스는 아직 젊어요. 모든 걸 안다고 할 순 없겠죠. 그러니 부탁해요. 날 위해 요리를 내려놓을 수 있겠어요? 당신이 진심으로 좋아하는 걸 하면서 살아줬으면 해요. 그럴 수 있겠어요?"

그럴 수 있냐니? 세상에, 나에게 이런 말을 해줄 사람이 또 있을까.

버니스, 단발머리가 되다

Bernice Bobs Her Hair

F. 스콧 피츠제럴드 (Francis Scott Key Fitzgerald, 1896~1940)

미국 미네소타주 출신, 재즈 시대의 화려함과 허무를 섬세하게 그려낸 20세기 미국 문학의 대표 작가다. 《위대한 개츠비》, 《아름다운 그리고 저주받은 사람들》, 《밤은 부드러워》 등에서 사랑, 야망, 몰락을 세련된 문체로 탐구했다. 시대의 환상과 개인의 비극을 동시에 담아낸 그의 작품은 당대에는 과소평가되었으나, 사후 재조명되며 미국 문학의 고전으로 자리 잡았다.

—

1

 토요일 밤 어둠이 깔리면, 골프 코스의 첫 번째 티박스에서는 컨트리클럽의 창문들이 검게 일렁이는 바다 위에 노란빛으로 넓게 펼쳐져 있는 것처럼 보였다. 그 바다의 물결은, 이를테면, 호기심 많은 캐디들, 약삭빠른 몇몇 운전기사들, 경기에 별 관심 없는 골프 프로의 여동생이었다. 그리고 마음만 먹으면 들어갈 수도 있었을 이들이 조용히 그 주변을 맴돌고 있었다. 이들이 바로 갤러리였다.

 발코니는 실내에 있었다. 클럽룸과 무도장을 겸한 홀의 벽을 따라 둥글게 놓인 등나무 의자들, 그것이 바로 발코니였다. 토요일 밤 댄스파티가 열리면 그곳은 거의 여자들로 채워졌다. 날카로운 눈매와 얼음장 같은 심장을 론예트* 뒤에 숨긴, 가슴이 풍만한 중년 부인들의 와자지껄한 말소리가 가득했다. 발코니의 주된 기능은 비평이었다. 드물게 마

---

* **론예트** 긴 손잡이가 달린 안경. 경첩이 달려 있어 사용하지 않을 때는 접을 수 있다.

지못한 감탄이 흘러나오기도 했지만, 진심 어린 찬사는 결코 없었다. 서른다섯이 넘은 숙녀들 사이에는 오래된 믿음이 하나 있었다. 여름밤, 젊은이들이 춤을 출 때는 세상에서 가장 불순한 의도를 품고 있기 마련이라는 것. 그러니 차가운 눈초리로 끊임없이 견제하지 않으면, 짝을 이룬 남녀는 구석구석에서 괴상하고도 야만적인 몸짓을 벌이게 되고, 더 인기 많고 더 위험한 아가씨들은 아무도 눈치채지 못하는 귀부인의 리무진 안에서 키스를 받는 일이 생기게 된다.

하지만 결국, 그 비평적인 원형의 등나무 의자들은 무대에서 너무 멀리 떨어져 있어, 배우들의 얼굴을 제대로 보거나 미묘한 눈빛과 몸짓을 읽어내지 못한다. 그저 눈살을 찌푸리고 몸을 앞으로 기울인 채, 이런저런 질문을 던지고는 자신들이 세워둔 가설에 기대 제법 그럴듯한 결론을 내려볼 뿐이다. 이를테면, 돈 많은 젊은이는 하나같이 사냥당하는 꿩처럼 살아간다는 식이다. 그렇게 바라보는 그들의 시선은 끊임없이 변화하고 때로는 잔인하기까지 한 청춘의 세계가 품은 진짜 드라마를 결코 알아보지 못한다. 박스석과 오케스트라석, 주연배우와 합창단, 이 모든 것은 이제 다이어 악단의 애조 어린 아프리카 리듬에 맞춰 흔들리는 얼굴들과 목소리들의 어지러운 뒤섞임으로 대체된다.

힐스쿨에 재학 중인 열여섯 살 오티스 오먼드부터, 책상 위에 하버드 로스쿨 졸업장이 걸린 G. 리스 스토더드, 머리를 올려 묶는 것이 아직도 낯설고 불편한 매들린 호그, 파티의 중심이 된 지 십 년은 넘은 베시 맥레까지, 이 다채로운 무리는 무대의 중심에 있을 뿐 아니라, 그 무대를 가림 없이 바라볼 수 있는 유일한 이들이기도 하다.

음악은 한바탕 휘몰아치고는 툭 끊기듯 멈췄다. 커플들은 인위적이고도 태연한 미소를 주고받으며, 장난스레 "라디다 다 덤덤"을 흉내 냈다. 박수갈채가 터지자 그 틈을 타 소녀들의 목소리가 쟁쟁히 위로 퍼져나갔다.

무도장 한복판에서 타이밍을 놓쳐 끼어들지 못한, 짝 없이 온 몇몇 남학생들은 맥없이 벽 쪽으로 물러났다. 떠들썩하고 격정적인 크리스마스 파티와는 달리, 여름 댄스파티는 갓 결혼한 젊은 부부들조차도 벌떡 일어나 한물간 왈츠며 눈을 질끈 감고 해야 할 폭스트롯*을 선보이는 살짝 들뜨고 신나는 파티였다. 동생들 눈에는 실로 너그러운 웃음을 자아내는 구경거리였다.

예일대에 다니는 걸 대수롭지 않게 여기는 워런 매킨타이

---

* **폭스트롯** 20세기 초 미국에서 유래한 사교댄스. 4박자 리듬에 맞춰 부드럽고 유려하게 걷듯이 추는 것이 특징이며 스윙 재즈 음악과 함께 유행했다.

어도 그날은 짝 없이 온 남학생 중 하나였다. 그는 디너 재킷 안주머니를 더듬어 담배를 꺼내고는, 반쯤 어둠에 잠긴 널찍한 베란다로 천천히 걸어나갔다. 커플들이 여기저기 테이블에 흩어져 앉아 있었고, 랜턴이 드리운 밤공기에는 알 듯 모를 이야기와 희미한 웃음이 가볍게 흘렀다. 워런은 이야기에 집중하지 않는 몇몇 사람들에게 가볍게 고개를 끄덕였고, 테이블 옆을 지날 때마다 머릿속엔 반쯤 잊힌 이야기의 조각들이 불쑥불쑥 떠올랐다. 이 도시는 크지 않았기에, 모두가 서로의 과거에서 '누구'인 셈이었다. 가령, 저기 있는 짐 스트레인과 에셀 데모레스트. 두 사람은 벌써 삼 년째 비공식 약혼 중이었다. 모두가 알았다. 짐이 두 달 이상 버티는 직장 하나만 잡는다면, 에셀이 그와 결혼할 거라는 걸. 그런데도 그들은 몹시 지루해 보였다. 에셀은 짐을 바라볼 때면 어딘가 피로한 얼굴이었고, 마치 왜 자신의 애정이라는 덩굴을 그렇게 바람에 휘청이는 포플러에 감아버렸는지 스스로 묻고 있는 것 같았다.

워런은 열아홉이었다. 동네 친구들 가운데 동부 대학에 진학하지 못한 녀석들을 은근히 안쓰럽게 여겼지만, 대부분의 남자아이들이 그러하듯 고향을 떠나 있으면 누구보다도 이 도시의 여자들을 자랑했다. 프린스턴이며 예일, 윌리

엄스, 코넬의 무도회와 하우스파티, 풋볼 경기를 빠짐없이 누비는 제너비브 오먼드가 있었고, 흑갈색 눈동자의 로버타 딜런은 또래들 사이에선 히럼 존슨*이나 타이 콥**만큼이나 유명한 인물이었다. 그리고 물론, 마저리 하비도 있었다. 요정 같은 얼굴에 눈부시고도 아찔한 말솜씨를 지녔으며, 지난 뉴헤이븐의 펌프 앤 슬리퍼 댄스에선 연달아 다섯 바퀴나 물구나무 회전을 해 정당한 명성을 얻은 바 있었다.

마저리와는 길 하나를 사이에 두고 자라온 워런은 오래전부터 그녀에게 푹 빠져 있었다. 마저리는 가끔 그 마음을 어렴풋한 호의로 받아주는 듯했지만, 늘 자신만의 확고한 기준으로 워런을 시험해본 뒤, 진지한 얼굴로 이렇게 말했다. "난 너를 사랑하지 않아."

그녀의 기준이란 이랬다. 함께 있지 않으면 금세 잊히고, 다른 남자들과 아무렇지 않게 연애하게 된다는 것. 워런은 그 말을 들을 때마다 낙심했다. 특히 마저리가 여름 내내 짧은 여행을 다녀온 뒤에는 더욱 그랬다. 그녀가 집에 돌아온 지 이틀이나 사흘쯤 되면, 하비네 현관 테이블 위에는 그녀 앞으로 도착한 편지 뭉치가 수북이 쌓여 있었고, 하나같이

---

* **히럼 존슨** 20세기 초 미국의 대표적 정치인으로, 개혁 성향의 캘리포니아 주지사이자 진보당 부통령 후보였다.

** **타이 콥** 같은 시기 미국 프로야구를 대표한 전설적인 타자. 최고 타율 기록을 세우며 명성을 얻었다.

낯선 남자들의 손글씨로 적혀 있었기 때문이다. 설상가상으로 팔월 내내 그녀의 사촌 버니스가 오클레어에서 와 함께 머물고 있어서, 마저리를 단둘이 만나는 일은 거의 불가능했다. 늘 버니스를 맡아줄 사람부터 찾아야 했고, 팔월이 저물어갈수록 그 일은 점점 더 번거로워지고 있었다.

워런은 마저리를 흠모하면서도, 그녀의 사촌 버니스는 달갑지 않았다. 짙은 머리칼과 발그레한 얼굴빛을 지닌, 나름 예쁜 외모였지만 파티에서는 전혀 재미가 없었다. 워런은 마저리를 기쁘게 해주기 위해 매주 토요일 밤이면 버니스와 길고도 고된 '의무의 댄스'를 함께해주곤 했지만, 그녀와 함께 있으면서 즐거웠던 적은 단 한 번도 없었다.

"워런," 그녀가 속삭였다. "나 부탁 하나만 들어줘. 버니스랑 춤 좀 춰줘. 꼬마 오티스 오먼드한테 거의 한 시간째 붙들려 있어."

방금 전 그의 몸에 퍼졌던 환희는 순식간에 식어버렸다.

"왜, 안 되겠어. 그럴게." 워런은 시큰둥하게 대답했다.

"싫은 건 아니지? 오래 두지는 않을게."

"좋아."

마저리가 미소를 지었다. 그 미소만으로 고맙다는 말은 충분했다.

"넌 정말 천사야. 고마워."

천사 워런이 한숨을 쉬며 베란다를 둘러봤지만, 버니스와 오티스는 보이지 않았다. 그는 다시 안으로 들어왔다. 탈의실 앞, 소년들 무리의 중심에 오티스가 서 있었다. 애들은 웃느라 바닥에 주저앉을 지경이었고, 오티스는 어디서 주워 온 나무 방망이를 휘두르며 열변을 토하고 있었다.

"머리 고치러 들어갔어!" 그는 흥분해서 외쳤다. "나 지금 기다리는 중이야. 나가면 또 한 시간은 붙잡힐 거라고!"

다시 한바탕 웃음이 터졌다.

"야, 너희 중 누구라도 좀 끼어들지 그래?" 오티스가 억울하다는 듯 소리쳤다. "그 여자도 좀 다양하게 즐겨봐야지!"

"이제 막 정든 거 아니야, 오티스?" 한 친구가 능청스럽게 받아쳤다.

"근데 그 나무 방망이는 뭐냐?" 워런이 웃으며 물었다.

"이거? 골프채지." 오티스가 의기양양하게 흔들었다. "그녀가 나오면 이걸로 툭 쳐서 다시 집어넣을 거야."

워런은 소파에 털썩 주저앉으며 폭소를 터뜨렸다.

"됐어, 오티스." 그는 웃느라 숨을 몰아쉬며 간신히 말했다. "이번엔 내가 구해줄게."

오티스는 갑자기 기절하는 시늉을 하며 나무 방망이를 워런에게 넘겼다.

"필요하면 써." 그는 쉰 목소리로 비장하게 말했다.

아무리 예쁘고 똑똑한 여자라도 댄스파티에서 자주 끼어드는 남자가 없다면 평판이 좋을 리 없다. 물론 어떤 남자들은 밤새 여러 번 끼어드는 것보다 그런 여자와 나누는 대화를 더 즐길지도 모른다.

하지만 이 재즈 시대의 젊은이들은 본래 기질이 들뜬 데다 산만하다. 같은 여자와 폭스트롯을 한 곡 이상 계속 추는 건 불편할 뿐 아니라, 때로는 견딜 수 없을 만큼 지루해하기도 한다. 만약 몇 곡의 춤과 그 사이의 휴식 시간까지 함께 보냈다면, 이제 그는 다시는 그녀의 발등을 밟을 일이 없다고 생각해도 무방하다.

워런은 다음 곡을 끝까지 버니스와 함께 추었다. 그리고 숨을 돌릴 수 있다는 사실에 안도하며 그녀를 베란다의 한 테이블로 데려갔다. 잠시 어색한 침묵이 흘렀고, 버니스는 부채를 들고 건성으로 한두 번 손을 흔들어 보였다.

"여기가 오클레어보다 더 덥네요." 그녀가 말했다.

워런은 한숨을 삼키며 고개를 끄덕였다. 그 말이 사실이든 아니든, 솔직히 관심이 없었다. 그는 문득 궁금했다. 그녀가 대화를 못 해서 남자들의 관심을 끌지 못하는 걸까, 아니면 관심을 받지 못해서 대화가 서툴러진 걸까.

"여기 오래 있을 건가요?" 그가 물었다. 그러곤 잠깐 얼굴이 붉어졌다. 그녀가 질문의 의도를 눈치챌 수도 있다고 생각했기 때문이다.

"일주일 정도 더요." 그녀가 대답했다. 그리고 그의 입에서 나올 다음 말을 가로채려는 듯한 눈빛으로 그를 보았다.

워런은 조금 움찔했다. 그러다 갑자기 일말의 관대함이 일었는지 그녀에게 한번 써먹어볼 말을 꺼내보기로 했다. 그는 그녀를 바라보며 말했다.

"입술이… 참 예쁘네요. 키스하고 싶어질 정도로요."

이건 그가 대학 무도회에서, 지금처럼 어둑한 반그늘 속에서 자주 써먹던 멘트였다. 버니스는 확실히 움찔했다. 얼굴이 어색하게 붉어졌고, 부채를 다루던 손놀림이 매끄럽지 못했다. 아무도 그녀에게 그런 말을 한 적이 없었다.

"무례하군요…." 그녀가 무의식적으로 내뱉었다. 하지만 뒤늦게 웃어넘겨야 한다고 마음먹었는지 어색한 미소를 건넸다.

워런은 기분이 상했다. 그 말이 늘 진지하게 받아들여지는 건 아니었지만, 보통은 웃거나 능청스러운 농담으로 되받아치는 경우가 많았다. 그런데 '무례하다'는 말은 장난조

라기보다는 진심처럼 들렸다. 그는 그런 식의 반응이 싫었다. 방금 전의 관대함은 흔적도 없이 사라졌고, 그는 곧바로 화제를 바꿨다.

"짐 스트레인이랑 에설 데모레스트가 또 앉아 있네요."

이건 버니스가 쉽게 받아칠 수 있는 주제였다. 안도하면서도 그녀는 약간의 아쉬움을 느꼈다. 남자들은 자기에게 '입술이 예쁘다'는 말을 하지 않지만, 다른 여자들에게는 그런 말을 한다는 걸 그녀도 알고 있었다.

"아, 맞아요." 그녀가 웃으며 말했다. "몇 년째 빈털터리로 서로 목매는 중이라면서요. 웃기지 않아요?"

워런의 불쾌감은 더 짙어졌다. 짐 스트레인은 그의 형과 가까운 친구였고, 무엇보다 사람을 돈 없다고 조롱하는 건 천박한 일이었다. 하지만 버니스는 조롱할 생각은 아니었다. 단지 긴장했을 뿐이다.

2

밤 열두 시 반, 마저리와 버니스가 집에 돌아왔을 때, 두 사람은 계단 위에서 간단히 인사를 나누고 흩어졌다. 사촌 사이이긴 했지만, 서로 특별히 친하진 않았다. 사실 마저리는 여자들과 가까이 지내는 법이 없었다. 그녀는 여자애들이 대체로 멍청하다고 생각했다. 반면 버니스는 부모의 주선으로 이루어진 이번 방문 내내, 웃음과 눈물이 섞인 속삭임을 나누는 진짜 '여자들끼리의 비밀'을 은근히 기대하고 있었다. 그런 교류야말로 여성 간 우정의 핵심이라고 믿었기 때문이다.

그러나 그런 기대는 마저리 앞에서는 늘 막막하게 느껴졌다. 버니스는 마저리와 대화할 때면 남자들과 이야기할 때처럼 묘한 기리감이 느껴졌나. 마저리는 절대 키득거리지 않았고, 무서워하거나 당황하는 일도 거의 없었다. 버니스가 보기엔, 여성이라면 당연히 갖추었을 '축복받은' 성질들을 거의 가지고 있지 않았다.

그날 밤, 버니스는 칫솔과 치약으로 분주히 입을 헹구며, 나는 왜 집을 떠나기만 하면 남자들의 관심을 전혀 끌지 못하는 건지 벌써 수백 번쯤 되묻고 있었다. 자신이 오클레어에서 가장 부유한 집안 출신이라는 점, 어머니가 딸을 위해 무도회 전마다 멋진 만찬을 베풀고, 직접 타고 다니라며 차까지 사준다는 점이, 고향에서의 사회적 성공에 어떤 영향을 미쳤을지 단 한 번도 떠올려본 적이 없었다.

버니스는 대부분의 소녀들처럼 애니 펠로스 존스턴*이 끓여낸 따뜻한 우유 같은 이야기와 여주인공을 어떤 신비로운 매력 덕분에 사랑받는 존재로 그린 소설을 읽으며 자라났다. 그 '매력'이라는 건 항상 언급되었지만, 정작 어떤 모습인지 구체적으로 보여준 적은 없었다.

버니스는 자신이 지금 '인기 있는 존재'가 아니라는 사실에 상처를 느꼈다. 그녀는 몰랐지만, 마저리가 뒤에서 애써 챙겨주지 않았다면, 오늘 밤 그녀는 처음부터 끝까지 한 남자하고만 춤을 췄을 것이다. 하지만 그녀는 오클레어에서도 자신보다 지위도 낮고 외모도 덜한 여자애들이 훨씬 더 많은 주목을 받는다는 사실을 알고 있었다. 버니스는 그 이유를 그런 여자애들 안에 숨겨진 교묘하고 얄팍한 수완 때문이라고 생각했다. 그런 생각에 특별히 마음이 쓰인 적도 없었고, 설령 그랬다 하더라도 어머니는 그녀에게 이렇게 말해줬을 것이다. 그런 소녀들은 자기 자신을 싸구려로 보이게 만들고, 남자들은 결국 버니스 같은 여자를 진정으로 원한다고.

욕실 불을 끄고 나온 버니스는 충동적으로 이모의 방에 들러 잠깐 이야기나 나눌까 하는 마음이 들었다. 방엔 아직 불이 켜져 있었다. 부드러운 슬리퍼를 신고 카펫 깔린 복도

* **애니 펠로스 존스턴** 감상적이고 도덕적인 소녀 소설로 인기를 끈 미국 작가.

를 조용히 걸어가던 그녀는 방 안에서 흘러나오는 목소리에 걸음을 멈췄다. 문은 반쯤 열려 있었다. 몰래 엿들을 의도는 없었지만, 곧 제 이름이 들렸다. 버니스는 그 자리에 그대로 굳어버렸다. 문틈으로 흘러나오는 말들은 바늘에 실을 꿰듯 또렷하게 그녀의 심장속을 관통했다.

"쟨 정말 구제불능이에요." 마저리의 목소리였다. "아, 무슨 말씀하실지 알아요. 예쁘고 얌전하다고 하는 사람 많다고요? 요리도 잘한다고요? 그게 다 무슨 소용이에요. 파티에선 도무지 분위기를 못 살리잖아요. 남자애들이 절대 걔를 좋아하질 않아요."

"그깟 시시한 인기 좀 없는 게 뭐 어때서?"

하비 부인의 말투엔 피곤한 기색이 묻어 있었다.

"열여덟엔 그게 전부예요." 마저리는 망설임없이 말했.

"정말 성의껏 도와줬어요. 예의 바르게 굴었고, 남자애들한테 가서 춤도 청해줬어요. 그런데도 다들 지루해 미치겠다는 얼굴이에요. 그렇게 눈부신 외모를 저런 멍청이가 갖고 있다니, 생각할수록 속이 뒤집혀요. 마사 캐리가 저 외모였으면 얼마나 잘 써먹었겠어요. 아, 진짜!"

"요즘 애들한텐 예의라는 게 없구나."

하비 부인의 말투에는, 이제 세상이 자신에게는 너무 버거워졌다는 체념이 담겨 있었다. 그녀가 젊었을 땐 제대로 된 집안 아가씨라면 누구나 근사한 시절을 보냈으니까.

"그러니까요," 마저리가 말을 이었다. "요즘 같은 세상에 누가 계속해서 못난 방문객을 챙겨줘요? 이젠 다들 자기 살길 찾느라 바쁘다니까요. 옷차림이나 이런저런 거에 대해 돌려 말해본 적도 있어요. 근데 얘는 완전 발끈해서, 저를 얼마나 이상하게 쳐다보던지. 자기가 잘 안 통하고 있다는 건 눈치챌 만큼 예민하긴 한데, 틀림없이 속으로는 자긴 굉장히 고결하고 난 너무 가볍고 변덕스러워서 결국은 망할 거라고 위안 삼고 있을 거예요. 인기 없는 애들은 다 그렇게 생각한다니까요. 괜히 신포도처럼 굴죠. 세러 홉킨스는 저랑 제너비브랑 로버타를 보고 '가드니아 걸'이라고 부른다니까요. 아마 자기가 '가드니아 걸'이 되어서 남자 셋이나 넷한테 사랑받고, 무도회에선 몇 걸음마다 끼어드는 인기가 있었으면, 그걸 위해 유럽 유학이고 뭐고 자기 인생에서 십 년은 기꺼이 내놓을걸요."

"그래도 말이야," 하비 부인이 지친 어조로 말을 이었다. "넌 그래도 버니스한테 뭔가 좀 해줄 수 있는 거 아니니? 물론 활기찬 애는 아니지만."

마저리는 신음하듯 말했다.

"활기요? 세상에. 걔가 남자애들한테 하는 말이라고는 '덥네요', '사람이 많네요', '내년에 뉴욕에서 학교 다닐 거예요' 이 셋 중 하나예요. 가끔 무슨 차 타냐고 물어보더니 자긴 어떤 차를 타는지도 말하죠. 아, 정말 흥미진진하죠."

잠깐 침묵이 흘렀고, 하비 부인은 다시 탄식을 내뱉었다.

"내가 아는 건, 버니스보다 그렇게 착하지도, 예쁘지도 않은 애들도 다 짝은 있다는 거야. 마사 캐리만 해도 통통하고 시끄럽고, 걔 어머니는 정말 천박하잖니. 로버타 딜런은 너무 말라서 애리조나 같은 데나 가 있어야 할 판이더라. 춤추다 쓰러지겠던걸."

"그런데 엄마." 마저리가 짜증 섞인 어조로 말했다. "마사는 늘 명랑하고 정말 재치 있고, 말도 잘하잖아요. 로버타는 춤을 정말 잘 추는 걸로 유명하고요. 걔들은 예전부터 줄곧 인기가 많았어요."

하비 부인은 하품을 했다.

"버니스는 인디언 피 때문일지도 몰라요." 마저리가 말을 이었다. "조상 쪽으로 되돌아간 건지도 몰라요. 인디언 여자들은 죄다 말없이 가만히 앉아 있기만 했잖아요."

"이제 그만 자거라, 어리광쟁이 아가씨야." 하비 부인이 웃으며 말했다. "네가 그 얘길 기억할 줄 알았다면 절대 말

안 했지. 넌 정말 터무니없는 생각을 너무 많이 해." 그녀는 졸린 목소리로 말을 맺었다.

한동안 침묵이 흘렀고, 마저리는 엄마를 설득하는 게 과연 수고할 만한 일인지 생각했다. 사실 마흔을 넘긴 사람들은 좀처럼 완전히 설득되지 않는다. 열여덟의 신념은 언덕 위에서 세상을 내려다보는 것이지만, 마흔다섯의 신념은 몸을 숨기는 동굴이 된다.

그렇게 결론을 내린 마저리는 인사를 하고 방을 나섰다. 복도는 조용히, 텅 비어 있었다.

3

다음 날 아침, 마저리가 늦은 아침 식사를 하고 있을 때, 버니스가 방에 들어섰다. "안녕." 하고 다소 격식 있는 인사를 건넨 그녀는 마저리 앞에 마주 앉아, 눈을 떼지 않고 똑바로 바라보며 입술을 살짝 적셨다.

"무슨 일 있어?" 마저리가 살짝 당황한 듯 물었다.

버니스는 잠깐 망설이다 결국 눌러 왔던 말을 터뜨렸다.

"어젯밤 네가 이모한테 한 말, 다 들었어."

마저리는 놀랐지만 티를 내지 않았다. 얼굴에 가볍게 홍조가 스쳤을 뿐, 목소리는 차분했다.

"어디 있었는데?"

"복도에 있었어. 처음부터 들으려던 건 아니었어."

마저리는 저도 모르게 경멸 어린 눈빛을 던졌다가, 곧 시선을 떨구며 옥수수 플레이크에 온 정신을 쏟는 척했다.

"내가 그렇게 귀찮은 존재라면, 그냥 오클레어로 돌아가는 게 낫겠지."

버니스의 아랫입술이 심하게 떨렸고, 그녀는 간신히 목소리를 추스르며 말을 이었다.

"난 진심으로 잘해보려고 했어. 그런데 무시당하고, 모욕까지 받았어. 누가 우리 집에 놀러와서 이런 대접을 받았다고 하면, 난 믿지도 못할 거야."

마저리는 아무 말도 하지 않았다.

"난 네 앞길을 막는 존재잖아. 네 친구들도 날 싫어하고." 버니스는 말을 멈추었다가, 문득 또 다른 불만이 떠올랐다. "지난주에 네가 그 드레스 어울리지 않는다고 넌지시 말했을 땐, 정말 화났어. 내가 옷 하나도 제대로 못 입을까 봐?"

"응." 마저리는 거의 들리지 않을 정도로 중얼거렸다.

"뭐라고?" 버니스가 되물었다

"넌 지시 말한 적 없어." 마저리가 단호하게 말했다. "그냥, 안 어울리는 옷 두 벌을 번갈아 입느니, 잘 어울리는 옷 하나를 연속 세 번 입는 게 낫다고 했을 뿐이야."

"그게 그렇게 예의 있는 말이었어?"

"예의 차리려고 한 말은 아니었어." 잠시 침묵이 흐른 뒤, 마저리가 덧붙였다. "그래서 언제 돌아갈 건데?"

버니스는 숨을 날카롭게 들이마셨다.

"아…." 작은 비명이 새듯 흘러나왔다.

마저리는 뜻밖이라는 듯 고개를 들었다.

"네가 간다고 하지 않았어?"

"그랬지, 하지만…."

"아, 허세였구나."

두 사람은 식탁을 사이에 두고 마주 앉아 서로를 바라보았다. 버니스의 눈앞에는 안개처럼 잔물결이 일렁였고, 마저리의 얼굴에는 그녀가 가끔 술 취한 대학생에게 들이댈 때 짓는, 냉담하고도 무심한 표정이 어김없이 떠올라 있었다.

"그러니까 허세였구나." 마저리는 예상한 일이라는 듯, 다시 한번 되뇌었다.

버니스는 대답 대신 울음을 터뜨렸다. 마저리의 눈에 지루한 기색이 스쳤다.

"넌 내 사촌이잖아." 버니스는 흐느끼며 말했다. "난 지금 네 집에 머무는 중이고, 한 달 있기로 했단 말이야. 그런데 지금 집에 가면 엄마가 다 아시게 될 거고…. 엄마는 당연히 의아해하시겠지."

마저리는 그녀의 울음이 가라앉을 때까지 기다렸다.

"이번 달 용돈 줄게." 그녀는 냉정하게 말했다. "남은 일주일 동안 어디든 네가 원하는 곳에 머물면 돼. 근처에 괜찮은 호텔 있어."

버니스의 울음은 다시 치솟았고 그녀는 자리에서 벌떡 일어나 방을 뛰쳐나갔다.

한 시간쯤 뒤, 마저리가 서재에 앉아 젊은 여자만이 쓸 수 있는 그 모호하고도 절묘하게 속을 감춘 편지를 쓰느라 열중하고 있을 때, 버니스가 다시 나타났다. 눈이 퉁퉁 부은 얼굴에, 일부러 가라앉힌 차분한 표정이었다. 그녀는 마저리를 쳐다보지도 않고 책장에서 아무 책이나 하나 뽑아 들고 조용히 앉아 읽는 척했다. 마저리는 편지에 몰두한 듯 계속 펜을 움직였다. 시계가 정오를 가리키자, 버니스는 책을 '탁' 하고 덮었다.

"기차표나 끊으러 가야겠네."

그건 그녀가 위층에서 수없이 되뇌던 대사의 시작이 아니었다. 하지만 마저리는 "조금만 더 참아 봐"나, "그건 오해야" 같은 말도 하지 않았고, 반응조차 없었기에 그녀가 꺼낼 수 있었던 최선의 말이었다.

"잠깐, 이 편지 마저 쓸게." 마저리는 고개를 들지 않은 채 무심하게 말했다. "이번 우편에 꼭 부쳐야 하거든."

그녀는 다시 펜을 움직였고 일 분쯤 뒤, 마침내 고개를 들고 느긋하게 몸을 기댔다. '이제 말씀하세요'라는 태도였다. 다시 버니스가 입을 열어야 했다.

"넌 정말 내가 집에 가길 바라는 거야?"

"음⋯." 마저리는 생각하는 듯 말했다. "좋은 시간을 보내고 있는 게 아니라면 가는 게 낫겠지. 괜히 우울하게 지낼 필요 없잖아."

"그래도 최소한의 배려라는 게⋯."

"제발, '작은 아씨들' 대사는 그만 좀 해줄래?" 마저리가 짜증스럽게 말을 끊었다. "그건 이제 유행 지난 얘기야."

"정말 그렇게 생각해?"

"세상에, 당연하지. 요즘 애들이 어떻게 그런 멍청한 여자애들처럼 살 수 있겠어?"

"그 애들이 우리 엄마들의 본보기였잖아."

마저리는 웃음을 터뜨렸다.

"그래, 그랬지, 말도 안 되게. 물론 엄마들이야 나름 괜찮았지만, 우리 세대의 고민에 대해선 하나도 모르잖아."

버니스는 자세를 바로 세우며 말했다.

"우리 엄마 얘기는 하지 마."

마저리는 코웃음 치듯 다시 웃었다.

"난 네 엄마 얘긴 안 했는데?"

버니스는 자신이 본래 하려던 말에서 점점 멀어지고 있다는 느낌을 받았다.

"네가 나한테 잘해줬다고 생각해?"

"나는 나름대로 최선을 다했어. 네가 좀 다루기 어려운 상대라서 그렇지."

버니스의 눈가가 붉어졌다.

"넌 냉정하고 이기적이야. 여자다움이라곤 하나도 없어."

"세상에, 어휴 정말!" 마저리가 손을 들어 올리며 외쳤. "너 정말 답이 없는 애구나! 너 같은 애들 때문에 지루하고 무미건조한 결혼생활이 넘쳐나는 거야. 여자다움이라는 이름으로 포장된 무능과 비효율! 상상력 있는 남자가 이상을 품고 사랑하던 아름다운 외모의 여자를 아내로 맞았는데, 그 여자가 결국은 약하고 징징대는 데다 겁 많고 가식투성이인 걸 알게 된다면, 그게 얼마나 큰 충격이겠어!"

버니스는 입을 반쯤 벌린 채 말문이 막혔다.

"그 잘난 여성스러운 여자!" 마저리가 말을 이었다. "그런 여자들은 어린 시절 내내, 나처럼 인생을 즐기는 애들 불평하고 헐뜯기나 하면서 자랐어."

마저리의 목소리가 높아지고, 버니스의 턱은 더 아래로 떨어졌다.

"못생긴 애가 징징대는 건 어느 정도 이해라도 가. 내가 정말 회복 불가능할 정도로 못생겼다면, 날 세상에 낳은 부모를 평생 원망했을 거야. 하지만 너는 시작부터 아무런 핸디캡도 없는 애잖아." 마저리는 주먹을 꽉 쥐며 말을 이었다. "내가 네 눈물에 동조해줄 거라 기대했다면 오산이야. 가든지 남든지 네 마음대로 해." 그녀는 편지 뭉치를 집어 들고 방을 나갔다.

버니스는 두통을 핑계로 점심 식사 자리에 나오지 않았다. 오후엔 둘이 함께 연극을 보기로 되어 있었지만, 머리가 계속 아프다는 말에 마저리는 별로 아쉬워하지 않는 남자에게 사정을 설명하고 혼자 나갔다. 그날 늦은 오후, 마저리가 집에 돌아왔을 때, 그녀는 자기 방에서 굳은 표정으로 기다리고 있는 버니스를 마주했다.

"결정했어." 버니스는 인사도 없이 곧장 말을 꺼냈다.

"네 말이 맞을지도 몰라. 아니, 아닐 수도 있어. 하지만, 네 친구들이 왜 나한테 관심이 없는지 그 이유를 말해준다면… 네가 시키는 거, 한번 해볼게."

마저리는 거울 앞에서 머리를 풀며 대답했다.

"진심이야?"

"응."

"조건 없이? 내가 하라는 대로 다 할 거야?"

"음, 그건…."

"'음'은 없어. 내가 시키는 대로 할 거냐고, 말해봐."

"상식적인 거라면."

"상식적이지 않을 거야. 넌 상식으로 될 애가 아니거든."

"그럼 네가 말하는 건, 뭐든지 다?"

"그래, 전부 다. 내가 권투를 배우라고 하면 그것도 해야 해. 엄마에게 편지 써서 여기서 두 주 더 머물겠다고 말해."

"네가 이유를 말해준다면."

"좋아. 지금부터 몇 가지만 얘기할게. 첫째, 넌 태도에 여유가 없어. 왜냐면 네 외모에 자신이 없거든. 어떤 여자든 겉모습이 완벽하다고 느끼면 그 부분은 잊고 있을 수 있어. 그게 매력이야. 자신에 대해 잊을 수 있는 부분이 많을수록 진짜 매력은 더 커지는 거야."

"나, 그렇게 별로야?"

"응. 예를 들어 눈썹부터. 눈썹은 짙고 윤기도 도는데 손질이 안 돼 있어서 도리어 흠이야. 아무것도 안 하고 있는 그 시간의 십 분의 일만 투자해서 눈썹을 정리해. 매일매일 빗어줘야 예쁘게 자라."

버니스는 문제의 눈썹을 치켜올렸다.

"근데, 남자들이 그런 걸 신경 써?"

"무의식적으로 다 보고 있어. 그리고 집에 가면 치아 교정도 조금 하는 게 좋아. 티 많이 나는 건 아니지만 그래도."

"근데 난," 버니스가 어리둥절한 표정으로 끼어들었다. "네가 그런 자잘하고 얌전한 일들 싫어하는 줄 알았는데?"

"내가 싫어하는 건 요조숙녀 같은 사고방식이지." 마저리가 대답했다. "근데 겉모습은 요조숙녀처럼 가꿔야 해. 외모가 백만 달러짜리로 보이면, 러시아 얘기를 하든 탁구 얘기를 하든 국제연맹 얘기를 하든, 뭐든 다 괜찮아 보여."

"또 뭐가 있어?"

"아직 시작도 안 했어! 춤도 문제야."

"내가 춤을 못 춰?"

"응, 잘 못 춰. 춤출 때 상대한테 살짝 기대는 버릇이 있어. 아주 미묘하지만. 어제 나랑 출 때 봤어. 그리고 넌 늘 몸을 꼿꼿하게 세우고 추잖아. 살짝 앞으로 숙여야 해. 아마 무도회장 구석에 앉은 어떤 나이 든 부인이, 그렇게 서 있어야 기품이 있어 보인다고 말했겠지. 그런데 키가 작은 여자애가 아니라면, 그건 남자한테 엄청 부담이야. 중요한 건 춤출 때 남자가 편해야 한다는 거야."

"계속 말해줘." 버니스는 정신이 아찔했다.

"그리고 한 가지 더, 이른바 '시들시들한 남자애들'한테도 친절해지는 법을 배워야 해. 인기 있는 애들 아니면 꼭 모욕당한 사람처럼 굴잖아. 그런데 말이지, 난 춤출 때 몇 걸음마다 끼어들기를 당해. 누가 그럴까? 바로 그 시든 애들이야. 그런 애들 무시하고는 사교 생활을 할 수가 없어. 걔네가 어떤 모임에서든 다수를 차지하거든. 말 걸기 쑥스러워하는 남자애들은 최고의 대화 연습 상대고, 둔한 남자애들은 최고의 춤 연습 상대야. 그런 애들이랑 춤추면서도 우아해보일 수 있다면, 철조망으로 뒤덮인 마천루를 기어가는 장난감 탱크도 따라다닐 수 있을 거야."

버니스는 깊은 한숨을 쉬었다. 하지만 마저리의 조언은 아직 끝나지 않았다.

"네가 무도회에 가서, 인기도 없는 남자애 셋을 진심으로 즐겁게 해줬다고 치자. 그 애들이랑 춤추면서도 '끼어든 거'

라고 느끼지 않게 해주면 그건 성공한 거야. 걔네는 다음번에도 또 춤추러 올 거고, 점점 그렇게 시든 애들이 너랑 많이 춤을 추게 되면, 인기 많은 남자애들도 '저 애랑 춤춰도 안 껄끄럽겠구나' 하고 생각하게 돼. 그러면 게임 끝."

"응…." 버니스는 희미하게 대답했다. "이제 좀 감이 오는 것 같아."

"그리고 마지막으로." 마저리가 결론을 내렸다. "균형 잡힌 태도랑 매력은 결국 따라오게 돼. 어느 날 아침 눈을 떴을 때, 네가 스스로 느낄 거야. '됐어, 이젠 나도 뭔가 이뤘어.' 그리고 남자애들도 그걸 알게 될 거고."

버니스는 자리에서 일어섰다.

"고마워. 누구한테도 이런 얘기를 들어본 적 없었어."

마저리는 대답하지 않고 거울 속의 자기 얼굴을 물끄러미 바라봤다.

"이렇게 도와주다니, 네가 정말 멋지게 느껴졌어."

마저리는 여전히 아무 말도 하지 않았다. 버니스는 감정을 너무 드러낸 건 아닐까 불안해졌다.

"감상적인 말 싫어하지?" 그녀가 조심스럽게 물었다.

마저리는 갑자기 고개를 돌리며 말했다.

"그런 거 생각한 건 아니고… 그냥, 네 머리를 단발로 자르는 게 낫지 않을까 생각 중이었어."

버니스는 그대로 침대에 벌렁 누워버렸다.

4

그 주 수요일 저녁, 컨트리클럽에서는 디너 댄스파티가 열렸다. 손님들이 하나둘 자리를 잡을 때, 버니스는 자신의 자리표를 보고 살짝 불쾌한 기분이 들었다. 오른편에는 이 지역에서 가장 바람직하고 교양 있는 젊은 신사, G. 리스 스토더드가 앉게 되어 있었지만, 더 중요한 왼편 자리에는 찰리 폴슨이 배정되어 있었기 때문이다. 찰리는 키도 작고, 잘생기지도 않았으며, 사교적인 재치도 없었다. '깨달음' 이후의 새로운 시선으로 볼 때, 찰리가 자기 파트너로 지목된 유일한 이유는 그가 아직 한 번도 '버니스와 춤추는 벌'을 받지 않았기 때문이었다. 하지만 그 씁쓸한 기분은 수프 그릇이 마지막으로 치워질 즈음 가라앉았다. 마저리의 구체적인 조언이 다시금 떠올랐기 때문이다. 버니스는 자존심을 꾹 눌러가며 찰리 쪽으로 몸을 돌려 과감히 말을 꺼냈다.

"제가 단발머리를 하면 어떨까요, 찰리 폴슨 씨?"

찰리가 놀라며 그녀를 쳐다봤다.

"왜 그런 생각을?"

"단발이 시선을 끄는 가장 확실하고 간단한 방법 같아서요."

찰리는 싱긋 웃었다. 물론 그는 그녀가 이 말을 거울 앞에서 연습했다는 사실을 알 리가 없었다. 그는 단발머리에 대해 잘 모르겠다고 대답했지만, 버니스는 그걸 설명하러 거기 있었다.

"사교계의 뱀파이어가 되고 싶거든요." 그녀는 태연하게 말했다. 그리고 단발은 뱀파이어로 가는 첫걸음이라고 덧붙였다. 또 자기가 그에게 조언을 구하는 이유는, 그가 여성에 관해 비판적인 안목이 있다고 들었기 때문이라고 했다.

찰리는 여성 심리학에 대해 불교 명상만큼이나 무지했지만, 왠지 자신을 특별하게 여기는 듯해 기분이 좋았다.

"그래서 결심했어요." 버니스는 목소리를 살짝 높이며 말을 이었다. "다음 주 초에 세비어호텔 이발소에 가서 첫 번째 의자에 앉아 단발로 자를 거예요." 그녀는 근처 사람들이 대화를 멈춘 채 귀를 기울이고 있다는 걸 알아차리고는 잠시 말을 멈칫했지만, 마저리에게 배운 '대사'를 떠올리며 마무리했다. "물론 입장료는 받을 거예요. 다만 응원하러 오시는 분들에겐 앞자리는 무료로 드릴게요!"

잔잔한 웃음이 번졌다. 그 틈을 타 G. 리스는 재빨리 몸을 기울여 그녀의 귀에 대고 말했다. "지금 당장 박스석 하나 예매하죠."

버니스는 그의 눈을 바라보며 그가 무척 재치 있는 말을 한 것처럼 웃어 보였다.

"단발머리가 괜찮을 거라고 생각하세요?" G. 리스가 속삭이는 목소리로 물었다.

"비도덕적이라고 생각해요." 버니스는 진지하게 말했다. "그렇지만 결국 사람들을 즐겁게 해주든지, 먹을 걸 주든지, 아니면 충격을 줘야 하잖아요." 이건 마저리가 오스카 와일드에게서 따온 문장이었다. 말이 끝나자 남자들 사이에서는 다시 잔잔한 웃음이 퍼졌고, 여자들 사이에선 잽싼 시선들이 그녀를 향해 꽂혔다. 하지만 버니스는 아무 일도 없다는 듯 다시 찰리에게 몸을 돌려 조심스럽게 말했다.

"몇몇 사람에 대해 당신의 의견을 좀 듣고 싶은데요. 찰리 씨는 사람 보는 눈이 있으신 것 같아서요."

찰리는 어딘가 짜릿한 기분이 들어 실수로 물잔을 엎질렀다. 은근한 찬사를 건넨 셈이었다.

두 시간 뒤, 워런 매킨타이어는 무심한 얼굴로 서 있었다. 그는 춤추는 사람들을 멍하니 바라보며, 마저리는 대체 어디로, 누구와 사라졌을까 궁금해하고 있었다. 그러던 중 믿기 어려운 장면이 그를 스치고 지나갔다. 마저리의 사촌, 그저 그런 줄만 알았던 버니스가 오 분 사이에 여러 번 끼어들기를 당하고 있었다. 워런은 눈을 감았다가 떴다. 조금 전까지만 해도 그녀는 외지에서 온 남자와 춤을 추고 있었는데, 낯선 사람이니 잘 몰라서 그럴 수도 있겠다고 넘겼다. 그런데 지금은 또 다른 남자와 돌고 있었고, 찰리 폴슨이 들뜬 표정으로 그녀에게 다가가고 있었다. 이상했다. 찰리는 보통 파티에서 여자 셋 이상과는 춤을 추지 않는데.

교체가 끝났고, 버니스와 바꿔 선 남자는 다름 아닌 G. 리스 스토더드였다. 꽤나 놀라운 일이었다. 게다가 G. 리스의 표정은 어딘지 기운이 빠져 있었다. 잠시 뒤, 버니스가 근처를 지나며 춤을 출 때, 워런은 그녀를 주의 깊게 바라봤다. 예뻤다. 확실히 예뻐 보였다. 오늘 밤 그녀의 얼굴은 전과는 다르게 빛나고 있었다. 그 표정, 아무리 노련한 연기자라도 흉내 낼 수 없는 표정이었다. 진심으로 즐기는 사람만이 가질 수 있는 얼굴이었다. 그녀의 머리 스타일도 눈에 들어왔다. 저 반짝임은 왁스 때문일까? 그리고 드레스의 짙은 붉은빛이 어두운 눈동자와 화사한 피부 톤을 돋보이게 만들고 있었다. 워런은 그녀가 이 동네에 처음 왔을 때 예쁘다고 생각했던 게 떠올랐다. 다만 그땐 그녀가 지루하다는 걸 알기 전이었다. 지루한 여자라니, 안타깝지. 그래도 예쁘긴 했다.

그의 생각은 곧 마저리에게로 튀었다. 이번 실종도 여느 때와 같을 것이다. 마저리가 다시 나타나면, 어디 있었느냐고 물을 것이고, 그녀는 분명히 "네가 알 바 아니잖아." 하고 말할 것이다. 그녀는 자신만만했다. 워런이 자기에게 빠져 있다는 걸 확신했고, 이 동네에서 자기 말고 워런이 관심 사실 만한 여자는 당연히 없다고 생각했다. 제너비브나 로버타에게 빠질 리가.

워런은 긴 한숨을 쉬었다. 마저리의 마음속으로 가는 길은 어쩐지 미로 같았다. 그는 고개를 들었다. 버니스는 다시 그 외지 남자와 춤을 추고 있었다. 무의식적으로 그는 한 발 앞으로 나섰고, 머뭇거리다 스스로에게 변명을 뱉듯 중얼거렸다. '그냥 자선일 뿐이야.' 그는 그녀 쪽으로 걸어갔다. 그러다 갑자기 G. 리스 스토더드와 부딪혔다.

"실례." 워런이 말했다.

하지만 G. 리스는 멈추지 않았다. 그는 다시 한번 버니스에게 끼어들며 그녀의 손을 잡았다.

그날 밤 한 시. 마저리는 복도 전등 스위치에 손을 얹고 돌아서며 버니스의 반짝이는 눈을 마지막으로 바라봤다.

"그래서, 효과 있었어?"

"오, 마저리, 정말 대단했어!" 버니스가 외쳤다.

"너 아주 즐거워 보이더라."

"정말 그랬어! 아쉬운 게 있다면 자정쯤 되니까 할 말이 떨어졌다는 거야. 같은 얘기를 남자마다 다르게 말하긴 했지만, 혹시 서로 비교하면 어쩌나 걱정이 좀 돼."

"그럴 일 없어." 마저리가 하품을 하며 말했다. "설령 비교해도 상관없어. 오히려 널 훨씬 능숙하다고 생각할걸."

그녀는 불을 끄고, 두 사람은 계단을 올랐다. 버니스는 난간을 붙잡고 조심스레 걸었다. 태어나서 처음으로, 춤을 추다 지친 밤이었다.

"있잖아." 계단 끝에 선 마저리가 말했다. "남자는 다른 남자가 끼어드는 걸 보면, '뭔가 있나 보다' 하고 생각하게 되는 법이야. 내일은 새로운 레퍼토리 준비하자. 잘 자."

"잘 자."

버니스는 머리를 풀며 밤을 되짚었다. 그녀는 모든 지시를 정확히 따랐다. 찰리 폴슨이 여덟 번째로 끼어들었을 때도 마치 기쁜 듯 보였고, 감동받은 듯한 표정도 잘 연기해냈다. 날씨나 오클레어, 자동차나 학교 얘기는 일절 하지 않았고, 대화는 오로지 '나', '너', '우리' 중심이었다.

그런데 잠들기 직전, 그녀의 머릿속에서 희미한 반항심 하나가 졸음 속에 피어올랐다. 어쨌든 이 일을 해낸 건 자기 자신이라는 것.

마저리가 대사를 알려주긴 했지만, 마저리도 책에서 얻은 거였고, 붉은 드레스는 내가 산 거였고, 예전엔 별로 좋아하지 않았지만 마저리가 꺼내주면서 입게 된 거였다. 그 말을 한 것도, 그 미소를 지은 것도, 그 춤을 춘 것도 다 내 입, 내 목소리, 내 두 발이었다. 마저리는 좋은 애야. 좀 잘난 체하긴 하지만. 좋은 저녁이었다. 좋은 남자애들. 워런. 워런… 워런… 뭐였더라… 워런….

그렇게 그녀는 잠이 들었다.

5

버니스에게 그다음 한 주는 하나의 계시와도 같았다. 사람들이 정말로 자신을 바라보는 걸 즐기고 자신이 하는 말을 귀담아듣는다는 느낌이 들자, 그녀 안에 단단한 자존감이 비로소 자리 잡기 시작했다. 물론 처음에는 실수도 많았다. 이를테면, 그녀는 드레이콧 데요가 신학대학원에 다닌다는 사실을 전혀 몰랐다. 그가 버니스에게 끼어든 이유가, 그녀를 조용하고 점잖은 여자라고 생각했기 때문이라는 것도 마찬가지였다. 만약 그걸 알았더라면, 그녀는 결코 이렇게 대화를 시작하진 않았을 것이다. "안녕, 전쟁 신경증 환자!"라고 말한 뒤, "여름엔 머리 손질하는 데 에너지가 엄청 많이 들어요. 머리숱이 워낙 많아서요. 그래서 항상 머리를 먼저 손질하고, 얼굴에 파우더도 바르고, 모자까지 쓴 다음에 욕조에 들어가요. 그리고 나와서 옷을 입죠. 그게 가장 훌륭한 순서 아닌가요?"

드레이콧 데요는 요즘 침례 의식에서 '전신 침수 세례' 문제를 두고 깊은 고민에 빠져 있기에, 어쩌면 버니스의 말에서 무언가 종교적인 연결고리를 찾았을 수도 있었지만, 실제로는 전혀 그런 일은 일어나지 않았다. 그는 여성의 목욕 이야기를 도덕적 문란함의 상징으로 여겼고, 현대사회의 타락에 대한 훈계를 그녀에게 늘어놓았다.

하지만 그 불운한 사건쯤은 기꺼이 무시할 수 있을 만큼, 버니스는 그다음 여러 차례 확실한 성공을 거뒀다. 키 작은 오티스 오먼드는 동부로 떠나는 여행을 취소하고, 강아지처럼 그녀만 졸졸 따라다녔다. 그 열렬한 집착이 친구들에게는 웃음거리였고 G. 리스 스토더드에게는 분명 불쾌한 존재가 되었다. 오티스는 몇 차례나 스토더드의 오후 방문을 망쳤는데, 버니스를 향한 그의 눈빛이 지나치게 애틋했기 때문이었다. 오티스는 심지어 나무 방망이 얘기며 탈의실 일화를 꺼내며, 자신과 모두가 그녀에 대해 처음에 얼마나 잘못 판단했는지를 털어놓기까지 했다. 버니스는 그 얘기를 웃으며 넘겼지만, 속으로는 살짝 아찔했다.

버니스의 모든 대화 중에서 가장 널리 회자되고 압도적인 반응을 끌어낸 긴 단연 '단발 선언'이었다.

"오, 버니스, 언제 머리 자르러 갈 거야?"

"모레쯤?" 버니스는 웃으며 대답했다. "와 줄 거지? 꼭 와야 해. 너한테 기대하고 있거든."

"당연하지! 근데 서둘러야 할걸?"

사실 단발할 마음이 전혀 없었던 버니스는 다시 한번 웃어넘겼다.

"이제 곧 할 거야. 기대해도 좋아."

하지만 그녀의 인기가 진짜라는 걸 가장 극적으로 보여준 건, 매일 하비네 앞에 멈춰 선 워런 매킨타이어의 회색 자동차였다. 평판에 예민한 그였기에 더더욱 뜻밖이었다. 처음 그가 초인종을 눌렀을 때, 하녀는 마저리를 찾지 않고 버니스를 찾는 모습을 보고 놀라 입을 다물지 못했다. 일주일쯤 지나자 그녀는 요리사에게 이렇게 말했다. "버니스 아가씨가 마저리 아가씨의 남자친구를 빼앗았지 뭐예요."

그리고 정말로, 버니스가 가로챈 것이었다. 시작은 어쩌면 워런이 마저리의 질투를 유도하려는 마음이었을지도 모른다. 어쩌면 버니스의 말투 속에 스며든, 익숙하면서도 알아차리기 어려운 마저리의 흔적 때문이었을지도 모른다. 아니면 이 둘이 합쳐진 데다 진심 어린 끌림이 더해졌을 수도 있다. 어쨌든 일주일이 채 지나기도 전에, 젊은이들의 암묵적인 공감대는 확고해졌다. 마저리의 가장 확실한 '남자친구'가 놀라울 정도로 방향을 틀었고, 이제는 그녀의 손님에게 명백한 구애를 보내고 있다는 사실. 당장 떠오른 질문은 단 하나였다. 과연 마저리는 이 상황을 어떻게 받아들일 것인가. 워런은 하루에 두 번씩 버니스에게 전화를 걸었고, 쪽지를 보내왔으며, 둘이서 그의 로드스터 안에 나란히 앉아 있는 모습이 심심찮게 목격되었고, 그때마다 둘은 긴장감 넘치는 대화를 나누는 듯 보였다. 워런이 진심인지, 버니스가 믿어도 되는지, 서로를 조심스레 가늠하는 중이었다.

마저리는 주위 사람들이 슬쩍 떠볼 때마다 그냥 웃어넘겼다. 마침내 워런을 알아봐주는 여자가 나타나서 참 다행이라고 했다. 그래서 모두들 그녀가 개의치 않는다고 믿었고, 그걸로 일단락된 듯했다.

어느 날 오후, 버니스가 떠나기까지 사흘밖에 남지 않았을 무렵, 그녀는 워런과 함께 브리지 파티에 가기로 되어 있었다. 버니스는 워런을 기다리며 한껏 들떠 있었다. 같은 파티에 참석할 예정이던 마저리가 거울 앞에 나타나 모자를 고쳐 쓰기 시작했을 때도, 버니스는 어떤 갈등의 조짐도 느끼지 못했다. 하지만 마저리는 차갑고 단호하게 본심을 꺼냈다.

"워런은 그만 마음에서 지워." 그녀가 냉정히게 말했다.

"뭐라고?" 버니스는 전혀 예상하지 못한 말에 놀랐다.

"워런 매킨타이어한테 그렇게 바보같이 굴 시간 없어. 그 사람, 너한테는 손톱만큼도 관심 없어."

잠시 동안 두 사람은 서로를 바라보았다. 마저리는 냉소적이고 초연했으며, 버니스는 놀람과 분노, 그리고 묘한 두려움이 뒤섞인 표정이었다. 그때 집 앞에 자동차 두 대가 도착했고, 경적 소리가 울려 퍼졌다. 둘은 짧은 숨을 내쉰 뒤 동시에 고개를 돌리고 아무 말 없이 나란히 밖으로 나섰다.

브리지 파티 내내 버니스는 치솟는 불안감을 억누르려 애썼다. 그녀는 지금 스핑크스 중의 스핑크스인 마저리를 화나게 만든 셈이었다. 악의 없는 마음으로 한 일이었지만, 결과적으로는 마저리의 '소유물'을 훔쳤다는 자각이 갑자기 끔찍한 죄책감으로 밀려왔다. 브리지 게임이 끝나고 모두가 원을 이루어 앉아 느슨하게 대화를 주고받을 때, 마침내 긴장이 터졌다. 뜻밖에도 도화선은 키 작은 오티스 오먼드였다.

"오티스, 너 유치원엔 언제 돌아가니?" 누군가가 물었다.

"나? 버니스가 단발로 자르는 날."

"그럼 네 공부는 거기까지네," 마저리가 잽싸게 받아쳤다. "그거 걔가 허세 부리는 거잖아. 너 정도면 알아챘을 줄 알았는데."

"진짜야?" 오티스는 버니스를 힐끔 보며 따지듯 말했다.

버니스의 귀가 화끈 달아올랐고, 어떻게든 재치 있게 받아치려 했지만 이런 식의 정면 공격 앞에서는 아무 말도 떠오르지 않았다.

"세상에 허세 부리는 사람이 얼마나 많은데," 마저리가 아주 태연하게 말을 이었다. "오티스, 너 정도면 그쯤은 알 만도 하지."

"뭐, 그럴 수도 있지," 오티스가 말했다. "근데, 와! 버니스 대사는 진짜 멋졌는데."

"그래?" 마저리가 하품을 하며 말했다. "요즘엔 또 무슨 명언 남겼대?"

아무도 대답하지 않았다. 사실 버니스는 마저리의 남자를 건드린 이후, 기억에 남을 말을 거의 하지 않았다.

"그거 다 허풍이었던 거야?" 로버타가 호기심 가득한 눈으로 물었다.

버니스는 머뭇거렸다. 지금 이 상황에서는 재치 있는 농담 하나쯤 해야 할 상황이라는 걸 알면서도, 마저리의 싸늘한 시선 앞에선 아무 말도 나오지 않았다.

"글쎄…." 그녀는 어물거렸다.

"흥! 봐, 결국 그렇잖아!" 마저리가 말했다.

그 순간, 버니스는 워런이 우쿨렐레에서 손을 떼고 자신을 조용히, 의아하게 바라보고 있다는 걸 느꼈다

"글쎄, 잘 모르겠어." 그녀는 차분하게 반복했다. 뺨이 뜨겁게 달아올랐다.

"흥!" 마저리가 다시 한번 쏘아붙였다.

"버니스, 확실히 말해줘." 오티스가 말했다. "마저리에게 한마디 해줘야지."

버니스는 다시 한번 주위를 둘러봤다. 도무지 워런의 눈을 피할 수 없었다.

"난 단발머리 좋아해." 그녀는 마치 워런이 물어보기라도

한 듯 다급하게 말했다. "그리고 난 자를 거야."

"언제?" 마저리가 물었다.

"언제든지."

"지금이 딱이지." 로버타가 부추겼다.

오티스는 벌떡 일어섰다.

"좋아! 여름 단발 파티다! 세비어호텔 이발소라고 했지?"

순식간에 모두가 자리에서 일어났다. 버니스의 심장은 미친 듯이 뛰기 시작했다.

"뭐라고?" 그녀는 숨을 몰아쉬듯 말했다.

무리 속에서 또렷하고 냉소적인 마저리의 목소리가 흘러나왔다.

"걱정 마. 쟨 안 할걸."

"가자, 버니스!" 오티스가 문을 향해 외쳤다.

네 개의 눈 — 워런과 마저리의 눈 — 이 그녀를 바라봤다. 도전했고, 시험했고, 압박했다. 버니스는 잠시 흔들렸지만 곧 결심을 굳혔다.

"좋아." 그녀는 재빨리 말했다. "그게 뭐라고."

몇 세기쯤 흐른 것 같은 시간이 지나고, 늦은 오후, 다운타운으로 향하는 자동차 안. 버니스는 워런의 옆자리에 앉아 있었다. 뒤따르는 로버타의 차에는 웃고 떠드는 무리가 타고 있었다. 그녀는 마치 단두대로 향하는 마리 앙투아네트가 된 기분이었다. '이건 오해야!'라고 외치지 않는 자신이 이상했다. 당장이라도 두 손으로 머리를 꼭 감싸쥐고 이 적대적인 세상에서 숨고 싶었다. 하지만 그녀는 아무 말도, 아무 행동도 하지 않았다. 어머니 생각조차 지금의 그녀를 말릴 수 없었다. 이건 진짜 시험이었다. 인기 있는 소녀들이 당당히 걷는, 반짝이는 하늘의 거리로 들어가기 위한 마지막 자격시험.

워런은 내내 말이 없었다. 호텔에 도착했을 때 그는 차를 인도에 바짝 붙여 세우고 고개를 살짝 끄덕이며 버니스에게 먼저 내리라는 신호를 보냈다. 뒤따라온 로버타의 차에서는 웃음소리가 터져나왔고, 일행은 이발소 안으로 우르르 몰려들어갔다. 길가를 향해 넓게 열린 두 개의 유리창 뒤로는 '세비어 이발소'라는 간판이 뚜렷이 보였다.

버니스는 인도에 서서 그 간판을 바라보았다. 어딘가 단두대를 떠올리게 했다. 안쪽 첫 번째 의자에는 하얀 가운을 입은 이발사가 담배를 피우며 느긋하게 기대어 있었다. 그녀는 그가 이미 자신의 이야기를 들었을 거라고 생각했다. 한 주 내내 그 의자 옆에서 담배를 피우며 자신을 기다렸을지도 몰랐다. 그렇게 자주 입에 올랐던 그 '첫 번째 의자'. 그녀의 눈을 가리지는 않겠지만, 흰 천을 목에 둘러 옷에 떨어지는 피, 아니 머리카락이 묻지 않도록 할 것이다.

"괜찮지, 버니스." 워런이 재빠르게 말했다.

버니스는 턱을 치켜들고 보도를 건너, 출입문을 밀고 안으로 들어서며, 대기 벤치를 가득 메우고 웃어대는 사람들을 단 한 번도 돌아보지 않은 채 이발사에게 곧장 걸어갔다.

"단발로 잘라주세요."

첫 번째 의자에 앉아 있던 이발사는 입을 반쯤 벌렸다. 피우던 담배가 바닥에 떨어졌다.

"예?"

"머리요. 단발로요!"

더 이상의 말은 필요 없었다. 버니스는 곧장 높은 의자에 올라앉았다. 옆자리 남자가 몸을 돌려 그녀를 바라보았다. 면도 크림이 얼굴에 잔뜩 묻어 있었고, 눈빛에는 놀람과 경외가 뒤섞여 있었다. 다른 이발사는 깜짝 놀라 손을 떨었고, 그 바람에 윌리 슈네만의 정기 이발은 엉망이 되었다. 맨 끝에 앉은 오라이리 씨는 투덜대며 고대 게일어로 욕을 내뱉었고, 면도날은 그의 뺨을 긁었다. 구두닦이 소년 둘이 눈을 동그랗게 뜨고 그녀의 발 앞으로 달려왔지만, 버니스는 고개를 저으며 구두는 사양했다.

밖에서는 한 행인이 멈춰 그녀를 바라봤고, 곧 다른 한 쌍이 옆에 나란히 섰다. 여섯 명쯤 되는 꼬마들이 신이 난 표정으로 몰려들어 유리창에 코를 바짝 붙였고, 이런저런 이야기 소리가 여름바람에 실려 가게 안으로 흘러들었다.

"와, 쟤 머리 봐! 진짜 길다!"

"어쩌려는 거지? 방금 면도한 것 같은데."

하지만 버니스는 아무것도 보이지 않았고, 아무 소리도 들리지 않았다. 그녀의 오감 중 살아 있는 건 오직 하나, 이발사가 머리에서 셀룰로이드 빗을 하나 빼고, 다시 하나 더 빼는 그 감각뿐이었다. 익숙지 않은 손이 머리핀을 더듬었고, 등 뒤로 흘러내리던 풍성한 그녀의 머리카락이 지금 사라지고 있었다. 다시는 그 감촉을 느낄 수 없을 터였다. 그녀는 무너질 것 같았다. 그리고 그 순간, 마저리의 입꼬리가 비웃듯 올라가는 모습이 떠올랐다. '포기하고 내려와. 나한테 덤볐지만 결국 내가 이겼어. 봐, 넌 가망이 없어.'

버니스 안에서 마지막 기운이 솟구쳤다. 그녀는 하얀 천 아래로 주먹을 꽉 움켜쥐었고, 눈매가 날카롭게 가늘어졌다. 훗날 마저리는 누군가에게 그 눈빛에 대해 이렇게 말했다. "정말 처음 보는 표정이었어."

이십 분쯤 뒤, 이발사는 의자를 돌려 그녀를 거울 앞으로 향하게 했다. 버니스는 거울 속 자신을 보고 저도 모르게 움찔했다. 그녀의 머리는 더 이상 곱슬거리지 않았고, 양쪽 뺨을 따라 생기 없이 늘어진 덩어리에 불과했다. 말 그대로 끔찍했다. 물론, 그럴 거라는 건 처음부터 알고 있었다. 그녀의 얼굴을 특별하게 만들어준 건, 마치 성모 마리아처럼 순한 인상이었는데, 그것도 함께 잘려나간 듯 보였다. 그저 평범해 보였다. 그저 안경을 두고 나온 그리니치 빌리지의 예술 지망생처럼, 어설프고 우스꽝스러웠다.

버니스는 의자에서 내려오며 억지로라도 웃어 보이려 했지만 완전히 실패했다. 두 여자가 의미심장한 시선을 주고받는 게 보였고, 마저리의 입꼬리는 길게 올라가 있었다. 조롱처럼, 승리 선언처럼. 그리고 워런의 눈빛은 방금 전까지와는 전혀 다르게 차가워져 있었다.

"보다시피." 그녀의 말은 어색하게 멈췄다. "잘랐어요."

"그래, 잘랐네." 워런의 대답은 짧고 무표정했다.

"어때요, 마음에 들어요?"

두어 사람의 입에서 마지못해 "그래." 하는 소리가 흘러나왔고, 곧 어색한 침묵이 무겁게 자리를 메웠다. 그때 마저리가 갑자기 몸을 돌려, 뱀처럼 날카롭고 집요한 눈빛으로 워런을 바라보며 말했다.

"워런, 나 세탁소까지 좀 데려다줄래? 저녁 전에 꼭 드레스 찾아와야 하거든. 로버타는 곧장 집에 간다니까 다른 애들은 걔 차 타고 가면 되고."

워런은 한참 동안 창밖의 어딘가를 멍하니 바라보았다. 그러다 아주 잠깐 버니스를 차갑게 쳐다본 뒤, 마저리에게 시선을 옮겼다.

"기꺼이." 그가 천천히 말했다.

6

버니스는 저녁 식사 직전, 조세핀 이모의 놀란 눈빛을 마주하고서야 자신이 얼마나 우스꽝스러운 함정에 빠졌는지 비로소 깨달았다.

"세상에, 버니스!"

"단발로 잘랐어요, 이모."

"도대체 왜 그런 짓을?"

"그게… 괜찮지 않아요?"

"왜 그랬니? 버니스!"

"별로예요?"

"그게 문제가 아니지. 데요 부인이 내일 무도회에서 뭐라고 하시겠니? 그럴 거면 끝나고 자르지 그랬니!"

"그냥 즉흥적으로 했어요. 그리고 데요 부인이랑 제 머리가 무슨 상관이에요?"

"애야." 하비 부인의 목소리가 높아졌다. "지난주 클럽 모임 주제가 '요즘 애들 버릇없음'이었는데, 거기서 단발머리만 십오 분을 말씀하셨어. 그분이 제일 싫어하는 게 바로 그거야. 게다가 이 무도회는 너랑 마저리를 위한 거잖니!"

"죄송해요."

"버니스, 네 엄마가 알면 뭐라고 하겠니? 내가 허락한 줄 알 텐데."

"정말 죄송해요, 이모."

저녁 식사는 참담했다. 버니스는 고데기로 머리를 급히 손질하다 손가락을 데었고, 머리카락은 군데군데 태워 먹었다. 조세핀 이모는 걱정과 실망이 뒤섞인 얼굴로 말없이 식사를 했고, 이모부는 "참나, 이게 말이 돼?"라는 말만 몇 번이나 되풀이했다. 그 안엔 짐작하기 어려운 서운함과 냉담함이 섞여 있었다. 그리고 마저리는? 아무 말 없이 앉아 있었다. 입가에는 애써 감춘 듯한 미소를 띠며, 조롱인지 관용인지 알 수 없는 표정으로.

버니스는 겨우겨우 저녁 시간을 버텨냈다. 남자 셋이 찾아왔고, 마저리는 그중 하나와 사라졌다. 버니스는 남은 둘을 어설프게 상대하려 했지만 영 신통치 않았다. 밤 열 시 반, 계단을 오르며 그녀는 그나마 하루가 끝났다는 안도감에 조용히 숨을 내쉬었다. 이런 날이 다 있구나 싶었다.

잠옷으로 갈아입은 뒤, 문이 열리고 마저리가 방 안으로 들어섰다.

"버니스." 그녀가 말을 꺼냈다. "데요네 무도회 말인데, 정말 미안해. 완전히 잊고 있었어. 진심이야."

"괜찮아." 버니스는 짧게 대답했다. 거울 앞에서 짧아진 머리를 빗고 있었다.

"내일 시내 같이 가자. 미용실에 가면 훨씬 나아질 거야. 네가 그걸 정말 해낼 줄은 몰랐어. 진심으로 유감이야."

"괜찮다니까."

"어차피 내일이면 마지막 밤이니까, 별 상관은 없겠지."

마저리는 긴 금발 머리를 어깨 너머로 툭 넘기더니 두 갈래로 땋기 시작했다. 크림색 네글리제를 입고 머리를 땋는 마저리의 모습은 마치 색슨 왕녀를 그린 섬세한 그림 같았다. 버니스는 시선을 떼지 못한 채 그 머리카락이 땋아지는 모습을 지켜보았다. 풍성하고 윤기 있는 머리카락이 그녀의 손가락 아래에서 마치 살아 움직이는 뱀처럼 꿈틀거렸다. 반면 버니스에게 남은 건, 손질도 안 된 자르고 남은 머리, 낡은 고데기 하나, 그리고 다음 날 쏟아질 시선뿐이었다. 그녀는 한때 자신을 좋아했던 G. 리스 스토더드가 하버드 특유의 단정한 어조로 디너 파트너에게 "버니스가 영화를 너무 자주 봤나 봐요."라고 말하는 장면을 상상했다. 또 드레이콧 데요가 어머니와 눈빛을 주고받은 뒤, 양심에 따라 억지로 친절을 베푸는 모습도 떠올랐다. 아마 데요 부인은 벌써 단발머리 이야기를 들었겠지. 냉랭한 문장이 적힌 편지를 보내겠지. 무도회엔 오지 말아달라는 뜻의. 그리고 모두가 그녀의 뒷얘기를 할 것이다. 마저리가 어떻게 그녀를 조용히, 확실하게 망신줬는지. 한 여자의 질투로 한 번뿐일지도 모를 버니스의 '예뻐질 기회'가 어떻게 희생되었는지를 말이다. 버니스는 거울 앞에 털썩 주저앉아 뺨 안쪽을 깨물며 말했다.

"마음에 들어." 버니스는 애써 웃으며 말했다. "나한테 잘 어울릴지도 몰라."

마저리가 미소 지었다.

"그렇게 나쁘진 않아. 제발, 너무 신경 쓰지 마."

"안 써."

"잘 자, 버니스."

하지만 문이 닫히는 순간, 버니스 안에서 뭔가가 '툭' 하고 끊어졌다. 그녀는 갑자기 벌떡 일어나 주먹을 불끈 쥐었다. 곧장 침대로 가더니 소리 없이 몸을 숙여 아래에 숨겨둔 여행 가방을 꺼냈다. 세면도구와 갈아입을 옷을 가방 안으로 던져넣고, 트렁크를 열어 서랍 두 칸 분량의 속옷과 여름 드레스를 모조리 쏟아부었다. 동작은 조용했지만 놀라울 정도로 빠르고 치밀했다. 어떠한 망설임도, 감정도 개입되지 않은 듯한 효율성. 삼사십 분 뒤, 트렁크는 자물쇠로 잠기고 줄로 단단히 묶였다. 그녀는 이미 외출복으로 갈아입은 상태였다. 바로 마저리와 함께 고른, 단정하고 세련된 새 여행복 차림으로.

버니스는 책상에 앉아 하비 부인에게 짧은 편지를 썼다. 떠나는 이유를 간단히 밝힌 그 편지를 봉투에 넣고, 조용히 베개 위에 올려두었다. 시계를 보니 한 시 기차까지는 아직 여유가 있었다. 두 블록 떨어진 말버러호텔까지 걸어가면 택시를 쉽게 잡을 수 있을 것이다.

갑자기 그녀는 숨을 짧게 들이쉬었고, 눈빛 속에 어떤 표정이 번뜩였다. 사람을 보는 눈이 있는 이라면, 그것이 그녀가 이발소 의자에 앉아 있을 때 지었던 단단한 표정의 연장

선임을 어렴풋이 알아챘을 것이다. 버니스에게는 전혀 새로운 표정이었고, 그 표정은 어떤 결과를 예고하고 있었다.

그녀는 조용히 서랍장 앞으로 다가가 그 위에 놓인 가위를 집어들었다. 방 안의 불을 모두 끄고 어둠에 눈이 익을 때까지 조용히 기다렸다. 천천히 마저리의 방문을 열었다. 문 안쪽에서는 아무런 거리낌도 없이, 편히 잠든 이의 고른 숨소리가 흘러나오고 있었다

침대 곁으로 다가간 버니스는 놀라울 만큼 침착하고 태연했다. 움직임은 신속했고 머뭇거림 하나 없었다. 그녀는 몸을 굽혀 마저리의 땋은 머리 하나를 잡고 손끝으로 머리 쪽까지 조심스럽게 따라 올라갔다. 그리고 잠든 이가 당기거나 아파하지 않게 약간 느슨하게 머리카락을 잡더니 가위로 단번에 그것을 잘랐다. 손에 감긴 머리채를 꼭 쥔 채 그녀는 숨을 멈췄다. 마저리가 잠결에 무언가 중얼거렸다. 버니스는 곧바로 다른 쪽의 땋은 머리도 잘랐다. 그제야 멈춰 선 버니스는 자신의 방으로 재빨리, 조용히 돌아왔다.

곧이어 아래층으로 내려간 그녀는 현관문을 조심스레 열고 나섰다. 대문을 닫은 뒤, 달빛 아래를 걸으며 묘하게 들뜬 기분에 사로잡혔다. 마치 무거운 가방조차 더 이상 짐이 아닌 듯, 그것을 장바구니처럼 흔들며 경쾌하게 걸었다.

몇 분쯤 지나서야 그녀는 자기 왼손에 두 타래의 땋은 금발 머리가 들려 있다는 걸 깨달았다. 웃음이 나왔다. 입술을 꼭 다물지 않았더라면, 그대로 폭소가 터졌을 것이다. 그때 그녀는 워런의 집 앞을 지나고 있었다. 그녀는 갑자기 가방을 잠시 내려놓더니 손에 든 머리채를 밧줄처럼 휘둘러 현관 위로 던졌다. '툭' 소리와 함께 포치에 떨어졌다. 그녀는 더 이상 참지 않고 미친 듯이 낄낄거렸다.

"흥, 머리채쯤은 선물로 주고 가야지."

그러고는 여행 가방을 집어들고, 달빛 가득한 거리를 향해 잰걸음으로 사라졌다.

세계 문학 단편선

여름 언덕에서

초판발행	2025년 7월 28일
지은이	헤르만 헤세, 안톤 체호프, 버지니아 울프, 오 헨리, 수잔 글래스펠, 제임스 조이스, 호리 다쓰오, 샬럿 퍼킨스 길먼, F. 스콧 피츠제럴드
옮긴이	정회성, 이상원, 유영미, 지선유, 김유안
디자인	선우정
펴낸곳	다정한책
펴낸이	노현주
출판등록	제2023-000131호
주소	파주시 회동길 480 B-438

전화 031-948-5640 | 팩스 0502-263-1540
전자우편 booksloveyou@naver.com
ISBN 979-11-990979-4-0 03800

• 잘못된 책은 구입하신 서점에서 바꾸어 드립니다.
• 책값은 뒤표지에 표시되어 있습니다.